KB004016

누구보다 나은
　　사랑이 될 필요 없이

어제보다 나은
　　나로 살자..

　　　　　김로영

　　김봉수와 권혜주의 아들,
　　김근애저와 김슬기의 동생.

김씨네과일

김씨네과일

【줄 서서 사는 과일 티셔츠의 탄생】

"You can taste digital fruits with your eyes."

필름

열심히 한다고
일이 전부
잘되는 것은
아니었습니다.

하지만
열심히 했던 시간은
내가 어떤 결과를
받아들이게 되더라도
후회하지 않을
이유가 되었습니다.

자신이
잘하고 있는지
의문이 드는
사람만큼
잘하고 있는
사람은 없으니까

자신에게
불안한 만큼
확신을
가졌으면
좋겠습니다.

추천의 글

한창 방황하던 내 어린 시절이 떠오르네요~ 뭘 하지도 않으면서 난 남들과는 달라, 이 악물고 반항하고 허세 부렸던 어린 시절~ 아픈 기억이지만 그래도 그 안에서 꽃은 또 피웠더랬죠. 꼰대가 돼서 그런지 예전 어른들 말씀이 틀린 게 없다는 게 확 와닿는 요즘입니다! 필요 없는 경험은 없다!

이 친구를 빨리 만났더라면 어땠을지 궁금해요. 무진장 프리하고 즉흥적으로 보이지만! 놉! 무질서 안에 질서와 인내, 끈기로 뭉친 요놈을 볼 때면 반성 많이 합니다! "잘못 든 길이 지도를 만들었다"는 제가 참 "죽지 않아!"처럼 외치던 말인데요~ 지금도 본인만의 지도를 만들어가고 있는 이 녀석의 말이 아닐까 싶네요.

요놈이 형 부끄럽게… 너무 잘하고 있어!! 축복하고 축하한다! 내 자식들이 갈피를 잃었을 때, 아빠랑도 데면데면해졌을 때 이 책을 전해주고 싶네요! 가랏!! 네 인생! 야만!!

하하(가수) ● 김도영의 슈퍼스타

김씨네과일에서 온 책. 갑자기 책을? 그가 찍어온 티셔츠들, 그리고 그 속에 숨은 이야기를 훔쳐봤다. 짧지만 몸이 기억하는 역사. 이 책에서 지금까지 걸어온 길을 돌아보지만, 아직 너무나도 진행 중인지라 그의 흥분 에너지가 나에게 전해진다. 김씨네과일은 도대체 여기서 또 어디로 갈까? 기대감을 주는 나침반 같은 책이다.

빈지노(가수) ● 김도영의 히어로

이것은 소리 없는 인간극장. 좋아하는 친구의 성공을 바라본다는 건 굉장히 기쁜 일이다. 모두를 만족시키진 못해도 수상한 걸 유난히 좋아했던 우리들, 한구석이라도 더 수상하고 싶던 그때의 포부가 마구 떠오른다. 이 책 덕에, 김씨의 과일들처럼 절대로 썩지 않을 열정과 그때의 패기 있는 문치가 따라온 기분이다. 정말 고마워! 그리고 내 얘기 없네, 웅.

박문치(가수) ● 김도영의 친구

그 아이는 다른 아이들과는 다른 아이였다. 책가방에는 각종 상표와 안내장 등이 구겨진 채로 책보다 더 많이 들어있었다. 교복 주머니에도 여기저기 구겨져 들어있었다. 도대체 무슨 생각으로 이런 걸 모으는 걸까, 도대체 이 아이는 무슨 생각을 하기에 이 쓰레기들을 여기저기 쑤셔 넣고 다니는지 항상 궁금했다.

한번은 친구들과 부모님들 직장에 찾아가서 박카스를 돌리겠다고 했다. 내가 일하는 사무실도 왔었는데 박카스에 손글씨로 감사의 문구가 사람마다 다 다르게 적혀있어서 사무실 사람들이 모두 감동한 일도 있었다. 하는 일마다 엉뚱한 사차원의 아이였다.

나는 이 책을 단숨에 읽어내려 가면서 이 아이가 겪었을 마음고생과 수많은 좌절과 실패에 마음이 아팠고, 스스로 역경에 다져지는 모습에 응원을 보냈고, 어떤 기회가 우연처럼 다가왔을 때 놓지 않고 움켜잡는 모습에 감동스러웠다. 내가 생각했던 그 아이보다 더 많이, 열심히 살고 있는 그 아이에게 무한한 응원과 격려 그리고 사랑을 보낸다.

권혜주●김도영의 어머니

차례

Part 3. 성공
포기하지 않으면 되니까

Part 1.

논리보다
중요한 것들

01

좋아하지 않는 일에 노력이 필요하다고?

시작

취업하는 게
내가 가장 하고 싶은 일도 아닌데,
이것도 더 노력이 필요하다고?

그럼 차라리 내가 좋아하는 일 하지 뭐.

2019년 2월, 나는 대학교를 졸업했고 어디로 가야 할지를 정해야 하는 순간이 찾아왔다. 전공인 광고를 살려서 업계에 취직을 하거나, 내가 좋아하는 티셔츠 작업을 이어가면서 프리랜서의 길을 가느냐 선택해야 하는 순간이었다. 가족의 걱정을 스스로 등에 업고, 나 자신을 취준생으로 여기며 이력서를 썼다.

내가 처음 지원한 곳은 GS 계열의 스포츠 마케팅 관련 자리였다. 가장 좋아하는 스포츠인 축구와 관련된 마케팅을 하는 자리이기 때문에 충분히 내가 열정을 갖고 일을 할 수 있을 것 같았다. 열심히 이력서와 포트폴리오를 준비했다. 나의 머릿속 아이디어들을 포토샵으로 구현해 첨부했다.

나름 자신 있게 1차 발표를 기다렸다. 정성과 열정에 창의력까지 보여줬다고 믿었다. 한 번쯤 만나서 이야기 들어볼 가치는 충분한 사람이라고 평가받으리라 생각했다. 결과는 탈락이었고 나는 엄청난 충격에 빠졌다. 불합격이 나에게 다가온 순간, 나의 모든 것이 오기로 변했다.

'취업하는 게 내가 가장 하고 싶은 일도 아닌데, 이것도 더 노력이 필요하다고? 그럼 차라리 내가 좋아하는 일 하지 뭐.'

　그렇게 지금의 길로 첫발을 떼게 되었다.

　오기가 결심으로 바뀐 지 3년이 지났지만 갖고 싶었던 티셔츠 인쇄 기계를 구매할 능력이 없었다. 생각도 못 하던 차에 가족들이 먼저 도와줄 테니 구매에 대해서 알아보라고 이야기했다. 기계가 있는 내 모습을 상상하니 축구화를 신은 호날두, 총을 든 람보, 마이크를 든 빈지노라고 느껴졌다. 프린터 판매·유통 업체에 연락해서 누나와 함께 찾아갔다. 캐피탈을 끼고 구매하기로 하고 대출 심사 결과를 기다렸다. 식당에서 순대국밥을 먹는 중 전화가 왔다. 대출이 안 된다는 내용이었다.

　무력감에 자존심이 많이 상했다. 받아들여야 하는 상황이라고 생각하니 더 받아들이기 어려웠다. 먹지도 않는 막걸리를 시켜서 들이켰다. 결국 가족의 도움으로 은행에서 대출을 받고 기계를 구매했다. 가족에 대한 고마움과 미안함을 한가득 업고 그렇게 새로운 시작을 했다. 우연하게도 기계가 작업실에 들어온 날이 내가 야심을 가득 안고 2019년 사업자를 냈던 날과 같은 4월 15일이었다.

기계 성능 테스트 겸 인스타그램 스토리를 통해 사람들에게 티셔츠에 인쇄하고 싶은 이미지를 알려주면 바로 인쇄해서 보여주겠다고 했다. 그중 한 명이 토마토를 이야기해서 인쇄를 해보니 왜 이렇게 귀여운지. 언제 한번 시리즈로 만들어봐야지 생각했다.

어느 날, 이전 한 촬영에서 인연이 됐던 GQ 에디터에게 연락이 왔다. 곧 플리마켓을 열 건데 참여할 생각이 있냐고 했다. 마침 일이 없던 차라 참여하겠다고 답했다. 토마토가 떠올랐다. 저번에 생각했던 시리즈를 만들어야지. 채소를 할까, 과일을 할까 한참을 고민했는데 아무래도 과일이 더 사랑스러울 것 같다고 결론 내렸다. 내가 주로 이용하는 유료 이미지 사이트가 있다. 그곳에서 과일을 검색했다. 무수한 과일 이미지들 중 마음에 드는 것들을 골라냈다.

얼마쯤 모았을까? 폴더를 열었는데 너무 귀여웠다.

그때 콘셉트를 정했다. 디지털 세상에만 존재하기 때문에 먹지 못하는 과일.〔Kim's Digital Fruits〕과일 이름 뒤에 'png'라는 파일명을 그대로 그래픽에 옮겼다. 너무 귀여웠다.

기계가 있으니 바로 흰색 티셔츠에 뽑아봤다. 너무 귀여웠다.

플리마켓이니까 재밌게 팔고 싶은데. 좋은 아이디어가 없을까. 과일은 보통 바구니에 넣어서 파니까 나도 바구니에 담아서 팔아야겠다. 택배로 시킨 빨간 바구니와 노란 바구니가 작업실에 도착했고, 인쇄한 키위 티셔츠를 빨간 바구니에 처음 담아보는 순간 완벽한 귀여움을 느꼈다.

플리마켓에 몇 번 참여해본 바로, 담아갈 봉투를 판매자가 준비해가는 것이 일반적이었다. 내친김에 검은 봉지를 떠올렸다. 하지만 큰 고민이 됐다.

아무리 그래도 너무 성의 없어 보이지 않을까. 일반적인 티셔츠 포장에서 사용하는 OPP비닐과 검은 봉지 중에 깊은 고민을 했다. 결국 검은 봉지를 준비해서 플리마켓에 나갔다.

수염이 있고 세련된 한 남자가 첫 손님으로 왔고 나는 티셔츠를 돌돌 만 뒤에 슬쩍 눈치를 보고 조심히 검은 봉지에 담았다. 순간 그 손님이 웃음을 터뜨렸다. 굉장히 긍정적인 느낌이었고 나는 속으로 '됐다. 이거 맞다'라고 말했다.

나를 찾아오던 마니아층이 주를 이루던 평소 고객층과 다르게 지나다가 우연히 본 사람들이 티셔츠를 계속해서 구매했다. 사람들의 반응이 좋았다. 결국 플리마켓이 끝나기 전에 가져왔던 재고 약 100장을 판매하고 가장 먼저 장사를 마쳤다. 뭔가 느낌이 좋았다. 뭔가 될 것 같은 느낌이라고 해야 하나. 기계를 산 지 한 달 만인 5월 15일이었다.

02

"따라오세요"가
아닌
"나 내 길 갈 거야"

길

네이버 지도나 카카오맵처럼
우리가 원하는 목표까지 도달할 수 있는
가장 합리적인 방법을 알려줄 수 있는
존재는 없으니까.

내가 가고 싶은 길로 가야지.

어떤 남자가 KBS 유튜브 채널 인터뷰에서 이렇게 이야기한 적이 있다. 사람들은 따라오라고 하면 안 따라오고 "내 갈 길을 갈 거야"라고 하면 따라온다고. 너무 멋진 말이다. 그 남자가 바로 나다. 내가 수많은 경험을 조합해서 만든 나침반 같은 말이다. 지금까지 내가 했던 것들을 돌아보면 남들이 좋아할 것 같은 걸 의도해서 만들어냈을 때 사람들은 쉽게 눈치채고 관심을 돌렸다. 오히려 내가 좋아하는 걸 만들었을 때 같이 좋아해주는 경우가 많았다.

브랜드를 하나의 요리라고 생각한다면 어떻게 만들어야 할까. 민트초코가 유행이니까 민트초코를 넣고, 마라가 유행이니까 마라를 넣고, 로제가 유행이니까 로제를 넣고, 치즈도 넣고, 매운 걸 좋아하는 사람들을 위해 캡사이신을 넣고, 달달한 걸 좋아하는 사람을 위해 앙버터를 넣으면 무슨 맛일까?

공감이라는 건 내가 사람들에게 맞춰서 이야기를 만들어내는 것보다는, 내 이야기를 그대로 전달했을 때 생동감이 살아나는 것 같다. 과일티도 우연히 인쇄해봤던 토마토 티셔츠가 귀엽다는 생각이 들어 시작했던 것이고, 빨간 바구니에 담는 것도 단지 재밌을 것 같다는 생각 때문이었다. 내가 좋아하는 유명인들도 어떤 부분에선 나랑 생각이 다르거나 나랑 맞지 않는 부분이 있다. 그럼에도 불구하고 그 사람들이 만들어내는 매력이 분명하기 때문에 좋아해왔다. 완벽함보다는 모자람이 더 사랑스럽다는 생각을 하게 된다.

나는 티셔츠를 만드는 일을 하면서 인터뷰를 할 때마다 내 직업을 어떻게 설명해야 하는지 고민이었다. 그래픽디자이너라는 꼬리표를 달 만큼의 기술은 없고 그래픽아티스트라는 말에도 핵심인 티셔츠에 대한 부분이 빠져있다. 티셔츠 아티스트라는 말은 있지도 않고 그럼 대체 내 직업은 뭐라고 말해야 하지?

지금은 김씨네과일 사장 혹은 대표, 자영업자, 개인사업자 등으로 표현한다. 다시 말해서 여전히 티셔츠를 만드는 내 일에 대해 정확히 이름 붙일 말이 없다. 그래픽에 대한 기술, 의류에 대한 기술도 뛰어나지 않으니까. 내 직업은 이름도, 역할도, 벌이도 애매했다. 단지 내가 좋아하는 일을 따라 수년간 맨땅에 헤딩했는데 김씨네과일이 이렇게 안 됐으면 지금은 어떤 모습일지 궁금하다. 비전을 생각했다면 도전하지 못했을 것 같다. 분명 내가 선택한 길이 당시 합리적인 판단은 아니었다.

단지 내가 좋아하는 일이었으니까 이렇게 덤볐지. 지금의 내 모습이 우연에 가까울지 필연에 가까울지 모르겠지만 분명한 점은 노력을 바탕으로 이룬 일이라고 생각한다. 진심을 연료로 태웠다. 문과 중에 가장 창의적인 과를 골라 광고과에 갔지만 더 창의적인 일을 하고 싶어서 티셔츠를 선택했고 결과적으로는 티셔츠를 만들어서 직접 광고하고 있다.

당장 내일 내 모습에 내가 만족할 수 없을지 몰라도 흔들리지 말고 계속 노력한다면 어떤 날에는 내가 꿈꾸던 모습이 될 것이다. 네이버 지도나 카카오맵처럼 우리가 원하는 목표까지 도달할 수 있는 가장 합리적인 방법을 알려줄 수 있는 존재는 없으니까. 몇 번 돌아가고 길을 잘못 들더라도 예상치 못한 어려움과 즐거움을 겪고 나면 결국 목적지에 도착할 것이다. 그러기 위해서 실패를 과정으로 삼고 그 안에서 얻는 긍정적인 결과, 부정적인 결과 모두 목표를 위한 나침반의 재료로 삼길 바란다.

내가 누군가에게 여행에 대한 이야기를 듣는 다면 어떤 이야기가 더 기억에 남을까. 예쁘게 놓인 길을 따라 경험한 여유와 아름다움에 대한 이야기? 없던 길을 헤매며 예상치 못한 위험을 겪고 돌아온 산전수전의 이야기? 누가 뭐래도 후자다. 나에게 있어 삶의 가치는 여유보다는 도전에 있다.

최근 몇 년 치의 수익이 한 달 만에 났다. 기분이 참 좋지만 지금의 삶에서 딱히 달라질 부분이 없었다. 집을 사랴, 차를 사랴. 다마스를 사긴 했다. 중고/550. 김씨네과일 매장을 위해 동대문에 1930년대 지어진 1층짜리 낡은 가게를 임대했다. 콘셉트 때문이 아니라 금전적인 문제였다. '돈이 어마어마하게 많지 않은 이상은 비슷하게 살겠구나' 하는 생각이 들었다. 그리고 일의 규모가 커질수록 하고 싶은 일보다는 해야 하는 일이 늘어나는 느낌이었다.

생각보다 행복하지 않네. 고민을 해봐도 방법은 하나일 것 같다. 최대한 내가 가고 싶은 길을 찾는 것. 좋아 보이는 길에도 함정이 많았다. 김씨네과일과 비교도 안 되는 규모의 브랜드들과 일을 하면서 모든 것이 기회인 것만 같았지만 그렇지 않을 수도 있다는 걸 왜 미리 예상하지 못했을까. 지난 1년간 4명이서 수십, 수백 명이 일하는 회사를 상대하다 보니 부족한 능력이 드러나지 않을 수가 없었다.

어떤 길을 가더라도 정신을 잠시 놓치면 어떤 일이 생길지 모르더라. 우리가 포기했던 길에 무엇이 있었을지 아쉬움이 남는다. '진인사대천명'이라는 말처럼 열심히 하는 건 사람의 몫, 결과는 하늘의 몫이니까. 흥하고 망하는 건 상관 없이 내가 가고 싶은 길을 향해 최선을 다해 걸을걸.

지금부터는 정말 내가 가고 싶은 길로 가야지.

시상식에서 수상하는 배우들의 소감을 들어보면 배고픈 무명배우에서 지금의 멋진 모습이 되기까지의 과정이 그려진다. 믿어준 가족에게 감사 인사하면서 그동안 걱정시킨 사람들에게 미안한 마음을 전한다. 그 모습에 내 모습을 자주 대입시킨다. 우리 가족들은 이름도 없는 직업을 가진 아들을 얼마나 걱정했을까.

지금도 물론 수많은 소상공인 중 한 명이지만 신문에도 나고 TV에도 나오고 수익도 훨씬 안정적이니까 얼마나 좋나. 김씨네과일이 잘 되고 활짝 핀 부모님의 얼굴을 봤을 때, 기쁘기보단 미안했다. 저렇게 처음 보는 얼굴을 하고 있으니까 나 때문에 얼마나 많은 걱정을 한 건지. 자기 일을 하는 사람들을 응원하고 싶다. 주변을 둘러싼 무시와 걱정이 얼마나 많은지. 누구라도 진심으로 원하는 꿈이 있다면 반드시 이루길 바란다. 다들 힘냅시다!

03.

우리는 매일
기획한다

생각

내가 아침에 입고 나갈 옷을
정하는 것도 기획이고
친구에게 줄 선물을
정하는 것도 기획이다.

패션에 관심이 많지는 않지만 나름 여러 종류의 옷을 갖고 있다. 그런데 10종류의 옷을 갖고 있다면 입었을 때 편하거나 정말 어울린다고 생각이 드는 2~3종류의 옷만 입는다. 낭비 그 자체다. 유행한다고 사고, 새로운 시도를 해보고 싶다고 샀는데 결국에는 몸이 불편하거나 눈이 불편해서 옷장만 차지하고 있는 옷이 수두룩하다.

내가 이해하지도 못하는 것들을 따라가는 건 스스로도 불편한 흉내일 뿐이었다.

작업물을 만들거나 무언가를 기획하는 데에 있어서도 비슷한 실수를 하고 있지는 않은지 돌아보게 된다. 김씨네과일은 하나의 콘셉트이기도 하지만 내가 좋아하는 것들을 모아놓은 집약체이기도 하다. 시장을 좋아하고 시장 어른들의 소통 방식을 좋아했기 때문에 내 나름의 이해를 바탕으로 시장, 과일 가게, 어르신들의 소통 방식을 재해석한 것이다. 김씨네과일을 내러티브의 좋은 예로 뽑는 이유 중 하나가 이것이라고 생각한다. 사람들은 잘 모르겠지만 나는 콘셉트를 채우기보단 항상 덜어내려고 노력한다. 흉내인지 재해석인지 항상 고민한다.

완전히 새로운 건 사람들이 공감하기 힘들다. 그렇기 때문에 신선함을 줄 순 있겠지만 구매를 해서 내 것으로 만들고 싶은 생각으로까지 이어지진 않을 것이다. 상품을 만들든, 작품을 만들든 사람들의 공감을 얻고 싶다면 새로운 것을 전달하려 하기보다는 익숙한 것을 새롭게 전달하는 것이 훨씬 효과적이다.

공감을 할 수 있다는 건 자기 걸로 만들 수 있다는 뜻이다. 자기 걸로 만들 수 있다는 생각이 들 때 구매가 이루어진다. 아무리 빛나고 멋있어도 자기 것이 될 수 없다고 인지하게 되면 구매로 이루어지기 어렵다. 나는 사람들이 과일티가 굳이 필요 없는데 사는 이유는 우리가 만들어낸 이야기에 공감을 했기 때문이라고 생각한다.

무엇보다 세상은 기획으로 가득하다. 내가 아침에 입고 나갈 옷을 정하는 것도 기획이고 친구에게 줄 선물을 정하는 것도 기획이다. 인스타그램에 글을 올리는 것도 기획이다. 이렇게 모든 일상에 녹아있지만 우리가 인지하지 못했을 뿐이다.

고등학교 시절, 교재 도난 사건이 비일비재했다. 사물함에 들어있던 교재도, 이름이 적혀있던 교재도 도난 당할 만큼 흉흉한 세상이었다. 어느 날 이름을 적지 않았던 교재를 도난 당했고, 화가 나면서 가슴이 아팠다. 어떻게 같은 학우의 입장에서 이런 사건들이 일어날 수 있을까. 하지만 도둑도 따뜻한 심장을 갖고 있으리라 생각했다. 양심에 호소를 해보기로 했다. 새로 산 교재의 옆면에 이름 대신 문구를 적었다.

"당신의 양심은 8,900원보다 값지다."

도난이 가장 많이 일어나는 시간인 점심시간에 책상 위에 올려두고 밥을 먹고 와도 교재는 없어지지 않았다. 마음이 통한 것일까, 아니면 문구가 적힌 책을 쓰기가 창피해서였을까. 알 수 없지만 그 뒤로 내 책이 도난 당하는 일은 일어나지 않았다.

진심은 통한다.

초등학생 때 모둠 신문을 만들었다. 같은 모둠원 친구 6명이서 하나의 도화지를 각종 소식으로 채우는 것. 형식은 자유였다. 4학년 때였나. 그런 생각이 들었다. '도서 대여 서비스를 해보자.' 나는 책 읽는 걸 좋아했다. 부모님은 시내에서 외식을 할 때마다 서점에 들러 책을 사줬다. 그래서 집에는 빌려줄 수 있는 책이 많았다. 모둠 신문 밑에 네모를 그리고 '도서 대여점'이라는 글씨를 썼다.

내가 갖고 있는 책 제목을 적었고 신간은 500원, 구간은 300원으로 값을 매겼다. 완성된 모둠 신문은 교실 뒤 벽에 붙였다. 도서 대여점을 본 친구들이 책을 빌리기 시작했다. 매달마다 신간을 업데이트하고 같은 모둠원의 책을 조사해서 재고 목록을 최대한 가득 채웠다. 집에서 챙겨간 투명한 돼지 저금통이 동전과 천 원짜리로 가득 채워져 갔다. 대여 서비스는 성공적으로 종료했고 중국집에서 거하게 회식을 했다. 나의 첫 사업이었고 성공적이었다. 성공의 비결은 역시 책을 좋아하는 사람으로서 사업을 했기 때문이었겠지.

　우리는 우리 스스로 생각하는 것보다 똑똑하다. 알게 모르게 다양한 대처 능력도 갖고 있다. 그래서 우리가 어떤 일을 처리해야 하는 순간이 오더라도 분명히 방법을 찾을 것이다. 브랜딩이라는 것도 어렵게 생각할 필요가 없는 게 우리가 자기 이름이 창피하지 않게, 자랑스럽게 불릴 수 있도록 열심히 사는 것도 브랜딩이다. 사랑은 아무나 하나 그러면서 아무나 하는 것처럼, 브랜딩 역시 아무나 하나 싶어도 아무나 할 수 있다.

04.

Started from the bottom

성장

길거리 노점에서 백화점까지.

나는 작가로서 김씨네과일을 운영해왔다. 과일 가게의 성공 스토리를 현실에서 써 내려간다고 생각하면서 다음 이야기를 구성해왔다.

5월 15일 길바닥에서 장사를 시작한 뒤 다마스를 빌렸다. 전국을 돌며 장사를 하면서 입소문을 타고 우리 이야기가 신문에 실렸다. 홈쇼핑에 진출해서는 준비한 2,000장에 예약 물량 2,000장을 더했지만 방송 시작 20분 만에 품절되는 우리만의 신화를 썼다. 그리고 이 이야기를 가장 극적으로 풀어내고 싶은 순간이 있었다면 바로 8월 6일 여의도 더현대 백화점에서 팝업을 했을 때다.

바닥에서 장사를 시작한 과일 가게가 3달도 채 안 돼서 대한민국에서 가장 핫한 백화점에 빨간 바구니를 들고 입점한 날. 3개월 전에는 세상에 존재조차 하지 않던 브랜드가 명품 브랜드들과 오픈런을 함께한 날. 조금 과장해서 비유하자면 조기 축구팀이 레알 마드리드, 바르셀로나와 함께 경기를 함께한 날이다. 사람들이 올라가는 셔터 밑으로 달려들어와 김씨네과일 대기줄을 차곡차곡 만들어내는 모습은 느껴보지 못한 감동을 주었다.

길거리 노점에서 백화점까지.

마치 자본주의의 시작과 끝을 경험한 듯하다. 내가 살면서 기대한 어떤 일도 이만큼이나 잘되지 않았다. 의아해서 기쁘지 않을 정도였다. 고향에 있는 부모님, 작은누나, 서울에서 같이 사는 큰누나도 구경을 왔다. 6층 데스크에 가서 백화점 상품권을 사서 가족들에게 나눠줬다. 온 김에 쇼핑 하나씩 하라고. 자기 일 하겠다고 걱정만 시키던 아들이 드디어 효도 비슷한 걸 시작한 순간이다.

사실 김씨네과일은 내가 원하는 방향의 성공은 아니었다. 그러기엔 너무 귀여웠다. 나는 더 멋있는 걸 만들어서 성공하고 싶었다. 나는 힙합이라는 문화를 사랑해왔고 원래 내가 하던 작업물에는 힙합에서 쓰이는 표현 방식을 많이 녹여왔다. 작업 조끼를 입고 다마스를 타고 다니면서 돈을 벌 줄 누가 알았을까. 그렇다고 내 스스로 창피한 적은 없다.

2022년은 진짜 너무 힘들었지만 내가 해낸 일로 어느 해보다 많은 사랑을 받아서 그만큼 뿌듯하고 감사한 해였다. 물론 김씨네과일을 하면서 내가 하던 기존 방식의 작업물들을 만드는 데에 예전만큼의 에너지를 쓰지 못하는 점이 아쉬울 때도 많다. 하지만 어쩔 수 있나. 김씨네과일을 그만큼 더 멋있는 브랜드로 만들어야지.

바닥에서 시작해서 백화점에 들어갔고 이 글을 쓰고 있는 2023년 3월 현재 전국 편의점에 우리 이름이 달린 과일젤리가 24시간 팔리고 있다. 지금 이 순간 아프리카 우간다 어느 마을에서도 우리가 만든 티셔츠를 누군가가 입고 있을 것이다.

'Started from the bottom'이라는 말은 힙합에서 자주 사용된다. 우리나라 힙합 음악에서도 '바닥에서 왔다'는 표현을 많이 쓴다. 그런데 우린 진짜로 바닥에서 시작했는데? 김씨네과일은 역시 힙합이었다.

김씨네과일은 원래 단 하루 플리마켓에서 판

매하기 위해 시작한 하나의 프로젝트였다. 예상 못한 관심으로 계속해서 진행되면서 자연스럽게 브랜드가 되었다. 4년간 유지해오던 '파도타기'라는 사업자명을 김씨네과일의 오프라인 매장 네이버 지도 위치 등록을 위해 23년 1월 김씨네과일로 변경했다. 그리고 김씨네과일의 지속 가능성에 대해 고민하던 지난 8월 5일 상표권 출원을 냈었는데, 식별력이 없고 과일을 팔지 않는 과일가게라는 이유로 한 번의 반려를 겪었지만 2023년 2월 24일 등록 결정되어 나라가 인정하는 '김씨네과일'이 되었다.

김씨네과일은 마치 우리나라의 경제 성장처럼 밤낮 없는 노력을 통해 순식간에 놀라운 결실을 맺게 됐다. 그렇기 때문에 발생한 부작용 같은 현상들이 있었다. 보통 하나의 협업을 진행할 때 평균 2~3달 정도의 시간이 걸렸는데 5월에 계약한 김씨네과일의 계약은 8월의 우리와 조건이 맞지 않았고 6월에 계약한 조건은 9월의 우리와 맞지 않았다.

터놓고 이야기하자면 돈을 받아야 하는 일에서 돈을 받지 못한 부분도 많고, 굳이 약속하지 않아도 되는 약속도 많이 했다. 6월에서 7월로 넘어갈 쯤에는 하루에 2~3시간 정도 잠을 자면서 일을 했고, 휴일도 없었고, 낮에는 햇빛을 받으면서 티를 팔고, 밤에는 졸음을 참으면서 티셔츠를 인쇄했다.

앉아있는 시간은 미팅 때밖에 없었으니 4년 만에 들어온 물에 노를 젓기 위해 체력은 이미 고갈된 상태에서 정신력으로 버텼다. 이 당시에는 글이 읽히지가 않았다. 한 문장, 한 문장이 눈앞에서 흐려지고 집중이 되지 않았다. 같이 일하는 동생이 계약서를 대신 읽어줘야 할 정도였다.

비즈니스를 하는 사람으로서 그러면 안 되지만 모든 내용이 충분히 검토되지 않은 상태에서 계약이 진행되었다. 그 대가는 협업을 진행하면서 돌아왔다. 성공적인 겉모습 속에 사람들에게 드러내지 못한 아쉬움과 후회가 가득했다. 만약 타임머신을 타고 그때의 나에게 돌아간다면 해주고 싶은 조언이 많다.

처음 사업을 시작하는 김씨에게 전하는 10가지

1. 포스팅 할 때 돈을 받아야 한다.
2. 디자인 할 때 돈을 받아야 한다.
3. 너희가 갈 때 돈을 받아야 한다.
4. 시간은 돈이다.
5. 노력도 돈이다.
6. 이름값이 전부가 아니다.
   계약의 내실이 중요하다.
7. 네가 계약을 할 때 포기해야 하는 것들의
   가치를 충분히 계산해야 한다.
8. 천만 원으로 1억을 벌어들이는 것보다
   백만 원으로 1억을 벌어들이는 것이,
   백만 원으로 1억을 벌어들이는 것보다
   만 원으로 1억을 벌어들이는 것이 쉬울 수 있다.
9. 기업은 우리를 사용하지만
   사람들은 우리를 사랑해준다.
10. 목표에 집착하지 말고 과정과 이야기를
    즐기는 사람이 돼라.

첫 플리마켓에서 여의도 더현대 백화점 팝업까지 84일

2022년 4월 15일 티셔츠 인쇄 기계 구매

049

2022년 5월 15일 첫 플리마켓

050

2022년 5월 18일 다마스 렌트

051

2022년 7월 14일 CJ온스타일 라이브 커머스

052

2022년 8월 6일 여의도 더현대 백화점 팝업

053

05

기획의 영감은
어디에서 얻는가

동기

아쉬운 마음에
대신할 수 있는 것을
내가 만들어봐야겠다고 생각했다.

티셔츠 만드는 일은 우연한 계기에 시작했다. 고등학교 때 어울려 지내던 친구들을 대학생이 되어서도 종종 만나곤 했는데 어느 날 장난스럽게 모임 이름을 만들었다. '보릿고개'였는데 의미는 없었다. 영어로 적으면 'Barley Hump'인데, 내 마음속 한편의 사대주의이려나? 왠지 멋있다는 생각이 들었다. 그래서 흰 티셔츠에 검은 글씨로 'Barley Hump'를 적은 단체티를 만들었다.

처음 입는 순간 기분이 이상했다. 오묘한 소속감. 스스로 멋있어졌다는 착각 등 묘한 감정에 빠져들게 만들었다. 그 뒤로는 사진을 글씨와 함께 넣어서 'Barley Hump'의 두 번째 시즌을 만들었다.

처음에 흥미로워하던 친구들은 자연스럽게 관심이 꺼져갔고 나는 점점 관심이 깊어졌다. 시간이 흐르면서 친구들 모임은 와해되었고 나는 친구들 모임이 아닌 나에 대한 티셔츠를 만들기 시작했다. 디자인에 대한 방향은 없었고 그때그때 생각나는 것들은 포토샵에 얹어보면서 하나둘 완성해갔다.

이것저것 눌러보면서 툴을 다루는 능력이 거북이 걷는 속도로 늘어갔다.

그러던 중 군대를 가면서 작업은 잠정 중단이 됐고 짬이 차서 사이버지식정보방에 들락거릴 수 있는 때가 되었을 쯤에 온라인으로 작업을 할 수 있는 방법을 찾아봤다. 온라인 포토샵이라 불리는 디자인 사이트가 있었는데 굉장히 본질적이고 기초적인 기능만 이용할 수 있는 정도였다. 다행히도 나는 본질적이고 기초적인 기술밖에 갖고 있지 않았기 때문에 그 툴을 가지고 무던히 작업했다.

군대라는 곳의 특수하고 제한적인 상황 때문에 가능한 시간을 최대한 활용하려고 노력했고 전역할 때까지 정해진 시간 동안 규칙적으로 작업을 해왔다. 내가 만든 디자인들은 티셔츠 커스텀 사이트를 통해 주문을 넣었고 휴가를 나갔을 때 몰아서 받아봤다. 하루 약 2시간 정도의 작업 시간이 나에게 있었다. 매일이 부족하게 느껴졌던 짧은 시간이었지만 오히려 그 간절함 덕에 꾸준히 그 시간들을 모았고, 어쩌면 밖에서 얻을 수 있던 것 이상의 경험치를 쌓을 수 있었다.

　　나는 군대에 있는 동안 사회의 흐름을 놓치고 싶지 않아서 온라인 매거진 등을 통해 서브컬쳐, 힙합 관련 소식을 계속해서 찾아봤다. 그러다가 어느 날 우연히 트래비스 스캇이라는 해외 아티스트의 투어 티셔츠를 보게 됐는데 보는 순간 너무 갖고 싶었다. 그런데 나는 군인이고 그 티셔츠는 해외에서 판매하고 있으니까 구매하는 건 사실상 불가능에 가까웠다.

　　아쉬운 마음에 그 티셔츠를 대신할 수 있는 것을 내가 만들어봐야겠다고 생각했다. 그런데 똑같이 만드는 건 재미없으니 새로운 아이디어를 생각하다가 김흥국이 떠올랐고 트래비스 스캇 티셔츠를 모티브로 김흥국 티셔츠를 완성했다.

　　인물을 주제로 한 티셔츠는 이상하게도 빠르게 완성되고 결과물도 더 마음에 들었다. 그 뒤로 나는 인물이 들어간 티셔츠를 만드는 사람이 되었다. 무엇이든 예전에 만들었던 것들은 서툴고 어색하게 느껴지기 쉽다고 생각하는데 그쯤에 내가 만들었던 티셔츠들은 지금 봐도 매력적이고 어떤 것들은 지금보다 낫다는 생각이 든다. 기술로 채울 수 없는 어떤 느낌적인 부분이 채워져 있는 것 같다.

내가 전역을 하던 2016년 7월, 처음으로 돈을 받고 작업물을 만들게 됐는데 기린, 박재범의 〈CITY BREEZE〉라는 곡의 아트웍이다. 기린 형은 내가 그 당시 가장 좋아하던 아티스트였는데 휴가 중에 그 형을 찾아가 기린 형의 얼굴을 넣어 내가 직접 만든 티셔츠를 선물했던 게 계기가 됐던 작업이다.

곡이 나오기 전 파일로 전달 받아 처음 들었던 순간이 여름날 꿈처럼 느껴진다. 내가 뭐라도 된 듯이 "좋은데"하면서 고개 까딱까딱하며 듣던 그 순간이 그립다. 하루 종일 힙합 노래 들으면서 생기는 모든 돈은 티셔츠 만드는 데에 쓰고 SNS에는 티셔츠만 주야장천 올렸고 디자인은 제멋대로였다. 팔로워는 몇백 명이었고 매번 댓글 달던 사람들이 항상 칭찬하는 댓글을 달아줬다. 불 이모지. 합장 이모지. 백 점 이모지. 나 같은 동생이 있었다면 나는 뭐라고 했을까.

어느 날 작은누나가 나한테 이렇게 이야기했다. 너네끼리 맨날 좋다, 좋다 하면 그게 무슨 의미가 있냐고. 정말 궁금해서 물어봤던 것 같았다. 내가 꿈속에 사는 사람처럼 보였을 것 같다. 아마 그땐 정말 그렇게 살았던 것 같다.

그 말이 나는 전혀 기분 나쁘지 않았지만 알게 모르게 동기 부여가 됐고 작은누나도 아는 박재범의 목소리가 담긴 곡의 커버 아트웍을 만들었을 때 더 큰 성취감을 느끼게 해주었다. 곡이 나온 날 그레이, 로꼬 등 내가 즐겨 듣던 아티스트들의 인스타그램에 내가 만든 아트웍이 깔렸다. 그분들은 커버를 누가 만들었는지 관심조차 없었을지 모르지만 행복했다.

06.

모자라면
모자란 대로

마음

물건을 만들 때도, 행사를 기획할 때도
논리적으로 필요한 것들보다
내가 좋아하는 것들로 채우려고 노력한다.

우린 한정판이었던 적이 없다. 그냥 다 팔렸을 뿐인데 사람들이 한정판이라고 부른다. 우린 밤낮없이 최선을 다해 과일 티셔츠를 인쇄했지만 시간과 능력이 모자랐을 뿐. 잘 형성된 김씨네과일의 '내 맘대로' 이미지가 스스로 사람들에게 새로운 이미지를 만들어내고 있다.

좋은 스토리는 또 다른 스토리가 된다.

김씨네과일을 하면서 느꼈던 큰 기쁨 중 하나는 우리의 이야기가 그 사람들의 이야기가 되어가는 모습을 보았을 때이다. 우리가 장사를 하고 있으면 지나가는 사람들이 나누는 이야기들이 들린다.

"저게 과일이 아니라 과일 티셔츠인데 저렇게 다마스에 넣고 다니면서~"

우리를 알고 있는 사람이 우리를 모르는 친구에게 우리를 설명해준다. 와중에 조금씩 바뀌거나 와전되는 이야기도 간혹 들린다. "다마스를 타고 전국을 다니면서 파는 거야." 가끔 KTX를 타기도 하고 다마스를 탁송으로 보내거나 스타렉스를 빌려서 간 적도 있다. 사람들이 알아서 이야기를 퍼 나르는데 예전에 설화가 퍼지듯이 와전되고 과장되면서 하나의 이야기가 수십 수백 가지의 이야기로 바뀐다.

사람들은 우리의 티셔츠를 가지고 자신들만의 이야기를 만들어간다. 김씨네과일 구매층에 특이점이 하나 있는데, 심부름하는 사람들이 정말 많다. 오프라인에 대한 한정성 때문인지 방문한 사람들은 자신의 주변 사람들 선물까지 사 간다. 줄을 서 있다가 차례가 다가오면 다들 바빠지기 시작한다. 전화로 급하게 이야기를 주고받는다.

"야, 망고 엑스라지 다 나갔대. 다른 거 골라야 돼. 지금 남아있는 게~"

재밌는 점은 보통 사람들은 전화 말투랑 계산 말투가 다르다. 우리한텐 엄청 친절하게 이야기하는데 전화로 빨리 고르라고 재촉하기 일쑤다. 그런 모습을 보면 그 사람이 돌아가서 친구에게 주는 모습을 가끔 상상한다. 생색도 내면서 같이 입고 사진도

찍고 추억을 만드는 모습을 상상하게 되는 순간, 마음이 따뜻해진다. 과일티를 커플티, 우정티, 가족티로 많이 맞춰 입곤 하는데 그 모습을 볼 때마다 이일에 대한 감사함을 느낀다. 육체적, 정신적으로 한계에 이를 정도로 일을 했지만 그럼에도 지금까지 버틸 수 있었던 힘도 그 안에서 많이 생겨났다.

우린 사람들에게 우리만의 이야기를 전달했다. 그 이야기를 좋아해준 사람들이 우리 이야기를 가져가서 자신들만의 이야기로 만들어내는 모습을 많이 봤다. 공감의 힘이 얼마나 큰지, 상품을 비롯한 모든 일에 있어 스토리텔링이 얼마나 중요한지 떠올리게 됐다. 앞으로 꾸려나갈 김씨네과일의 사업 방향도 최대한 상호 작용을 많이 할 수 있는 쪽으로 구상하는 중이다.

특별한 이야기를 만드는 것보다는 평범한 이야기를 특별하게 전달하고 싶다. 나는 평범함이 가진 특별한 힘을 믿는다. 특별한 일을 하는 평범한 사람이고 싶다. 나는 그렇게 돈을 벌 것이다.

나는 사업 능력이 부족하다. 창작자로서의 나는 그나마 낫지만 사업가로서의 능력은 훨씬 부족하다. 수많은 미팅과 행사를 진행하면서 다양한 사람들을 만났다. 그중에는 뛰어난 사업가처럼 보이는 사람들이 있었다. '이 사람은 사업적인 능력이 있는 사람이구나' 하고 느꼈던 적이 종종 있다. 데이터를 분석하고 사람들의 니즈를 파악해서 통찰력 있는 상품 구성과 마케팅을 통해 기대만큼의 결과를 가져오는 사람들. 그런 사람들은 나와 다른 부류의 사람이라는 생각이 든다.

나는 아무리 생각해도 사람들의 마음을 미리 읽지도 못하고 필요에 의한 상품을 의도적으로 만들어내지 못한다. 다만 가끔씩 내가 좋아하는 것들을 사람들이 같이 좋아해 줄 때가 있을 뿐. 그래서 나는 트렌드를 미리 읽고 거기에 맞는 상품을 만들기보다는 내가 좋아하는 것들을 상품으로 만드는 데에 집중한다.

안 팔려도 만든 자체로 뿌듯할 수 있는 것들.
결과물 자체로 내가 만족할 수 있는 것들.

물건을 만들 때도, 행사를 기획할 때도 논리적으로 필요한 것들보다 내가 좋아하는 것들로 채우려고 노력한다.

요즘 사람들은 눈치가 정말 빠르다. 의도가 확실하게 보이는 일에는 금방 눈길을 돌려버린다. 그래서 도저히 내 작은 머리로는(물리적으로는 큰 편이지만) 사람들을 내 의도대로 움직일 자신이 없다. 그렇기 때문에 진심으로 승부를 보려 한다.

김씨네과일에는 논리적이지 않은 부분이 많다. 메타버스가 유행하는 시대에 오프라인 판매를 고집하고, 티셔츠가 4~5만 원인 시대에 한 장 3만 원, 두 장 5만 원이라는 가격을 잡고, 판매 일정은 하루도 안 남은 시점에서 알리기도 한다. 티셔츠를 사면 포장도 없이 돌돌 말아 봉투에 넣어준다.

나는 논리만큼이나 진심도 통하는 시대라고 생각한다. 본질이 있다면 어설퍼도 사람들이 알아주는 시대. 진심을 볼 줄 아는 사람들. 무식한 김씨네 과일이 누군가의 생계 수단이 될 수 있는 이유는 진심을 볼 줄 알고 부족함을 예뻐할 줄 아는 사람들이 많아서인 것 같다. "모자란 만큼 사랑으로 채워줘서 감사합니다. 땀으로 노력하겠습니다."

내가 만드는 작업물로 대중들에게 전달하고 싶은 메시지는 행복이다. 우리의 이야기를 자신의 추억으로, 사랑하는 사람들과의 추억으로 만들 수 있는 재료가 되고 싶다. 행복은 나누면 배가 된다는 말을 내가 손님들의 행복을 전해 받으면서 현실로 경험했다. 앞으로도 돈도 벌고 행복도 얻는 남는 장사를 하기 위해 노력해야지.

07

아무튼 의기양양

취향

나는 잘 꾸며진 브랜드에는 고개를
끄덕이지만 구매 버튼은 누르지 않는다.

누군가의 논리와 계산보다
누군가의 이야기와 취향으로 만들어진
브랜드가 더 많아지면 좋겠다.

예쁜 것보다 귀여운 것이 사랑받는 시대가 온 것 같다. 다시 말하면 완벽함이 주는 아름다움보다는 귀여움이 주는 사랑스러움이 더 인정받는 시대가 온 것 같다. 원형 탈모 머리를 한 잔망루피의 피규어가 백화점 한복판에 있는 걸 보고 놀랐다. 피규어가 그 자리에 있으려면 회사 내부의 컨펌을 지나 3D 모델링, 제작 업체 선정 등 정말 많은 과정이 있을 텐데 완벽한 머리 스타일이 아닌 중간 머리가 빠진 채로 옆머리만 삐죽하게 자라난 모습이라니.

나는 원래 특이한 걸 좋아해서 오히려 더 웃기고 매력적이었지만 모든 난관을 헤치고 팝업 스토어에 당당히 서 있는 모습이 인상 깊었다. 이제 이게 되는 시대구나. 사람들이 좀 더 개성을 존중할 줄 아는 시대가 온 것 같다. 나처럼 맨날 이상한 생각에 빠져 사는 사람의 것들도 더 좋아해 줄 수 있겠구나.

사실 2016년도에 내가 사람들 얼굴이 그려진 티셔츠를 만들었을 때는 "너무 힙한데 입지는 못 하겠어서 눈으로만 볼게요"라는 식으로 말하는 사람이 정말 많았다. 그런데 조금만 찾아보면 알겠지만 이제는 연예인부터 유튜버 등 얼굴이 알려진 많은 사람들이 알아서 자기 얼굴이 들어간 굿즈를 판매한다.

내가 시작할 때만 해도 대한민국에서는 비주류였는데 이제는 완전히 상품화가 된 디자인 스타일이다. 그때만 해도 티셔츠에 한글이 들어가는 것에 대해 어색함을 느끼는 사람들이 정말 많았는데 지금은 많이 만들어지고 소비되고 있다. 다양성이 훨씬 존중받는 세상이 됐다는 느낌이 든다.

이런 세상에서는 완벽한 하나의 브랜드를 만들려 하기보다는 "내가 만들었다"라고 당당하게 말할 수 있으면 충분하다. 부족함을 가지더라도 오히려 부족함이 매력이 될 수 있으니 솔직하게 마음을 담아서 보여주는 것이 훨씬 더 전략적이라고 할 수 있을 것 같다.

나는 잘 꾸며진 브랜드에는 고개를 끄덕이지만 구매 버튼은 누르지 않는다. 그런데 완벽하게 꾸며지지 않았는데 오히려 당당한 브랜드에는 구매 버튼을 찾아 헤맨다. 논리적인 브랜드보다 인간적인 브랜드가 더 사랑스럽지 않나. 누군가의 논리와 계산보다 누군가의 이야기와 취향으로 만들어진 브랜드가 더 많아지면 좋겠다.

08.

브랜딩이
겁이 난다면

무기

김씨네과일은 처음 듣는 비트에
프리스타일로 랩을 내뱉듯이 진행해왔다.

돈이 없으면 용기가 자산이다.
경험이 없으면 실패가 자산이다.
두려워할 건 두려움뿐이다.

사람들은 대부분 나를 '성공한 김씨네과일'로 기억하지만 실패한 경험이 정말 많다. 팝업 전날 저녁 코로나 2단계로 올라가서 행사 기간 동안 매장에는 파리도 안 날렸었다. 물론 파리가 없을 계절이기는 했지만. 코로나 와중에 정말 열심히 준비했었다. 며칠 밤을 새우고, 코로나 지원금까지 다 넣어가면서 팝업을 준비했다. 하지만 내 코로나 지원금 300만 원은 커다란 재고 박스가 되어 작업실로 다시 돌아왔다. 내 지원금 300만 원.

나의 돈은 티셔츠로 변한 채 다시 원래 형태로 돌아오지 못했다.

남은 재고를 소진하기 위해 나는 아등바등했다. 여러 번의 온라인 판매를 했지만 효과는 미비했다. 그때 이런 생각이 들었다. 내가 가만히 있었다면, 팝업을 준비할 시간에 집에서 잠만 잤어도 지금보다 돈이 많았겠구나. 물론 돈 이상으로 귀한 경험이었지만 그 당시는 무척이나 절망스러웠다. 이때 가장 크게 배운 것은 사업에 있어서 노력한 만큼 안 좋은 결과가 돌아올 수도 있다는 거였다.

내가 정말 관심 있는 부분이지만 가장 고민하면서 또 걱정하는 게 브랜딩이다. 나를 어떤 사람으로 비출지, 김씨네과일을 어떤 브랜드를 비출지 고민은 항상 하는데 항상 마음대로 되지도 않는다. 그럼에도 어느 정도 내가 원하는 방향과 맞게 브랜딩이 되었다고 느낄 때가 있다. 내가 의도한 부분들이 아니라 의도하지 않았던 부분들에 의해서 더 많이 채워졌다.

생각해보면 내가 어떤 사람한테 멋있게 보이려 노력한다고 그 사람이 멋있게 볼까? 오히려 진심이 그 사람을 더 반하게 할 거다. 브랜딩도 마찬가지 않을까. 내가 가진 본연의 것을 더 보여주고 본질적인 부분을 채워나갈 때 멋있는 사람 혹은 멋있는 브랜드가 될 것이다.

여전히 사람들은 내 의도대로 움직여 주지 않는다. 하다못해 인스타그램에서 내 게시물에 눌린 '좋아요'를 보더라도 항상 사람들은 내 기대와 다르다. 그래도 사람들이 기대 이상의 반응을 주는 순간이 있다는 건 진심이 통한다는 이야기가 아닐까.

브랜드를 만들 때 가장 쉽게 생기는 문제점은 완벽하게 시작하려고 한다는 것이다. 김씨네과일은 처음 듣는 비트에 프리스타일로 랩을 내뱉듯이 진행해왔다. 비트에 맞춰 써놓은 가사를 계획대로 뱉는 게 아니라 순간순간의 상황에 따라 움직이면서 흐름을 만들어왔다.

과일 티셔츠를 만든 뒤에 빨간 바구니에 디스플레이하는 아이디어를 만들었고, 디스플레이 아이디어가 나온 뒤에 검은 봉투에 담아주는 아이디어가 나왔다. 길거리 장사를 마친 뒤에 다마스를 빌릴 계획을 했고, 다마스를 빌린 뒤에 전국 투어를 기획했다. 그 뒤에 이어진 온라인 홈쇼핑, 백화점 팝업, 각종 협업도 중간중간에 협업사들의 연락을 받은 뒤에 기획되었다.

내가 만약에 김씨네과일을 시작하던 때로 돌아가서 지금까지의 일들을 계획해서 진행할 수 있을지 떠올린다면 겁부터 난다. 인지도가 있기도 전에 어떻게 전국 투어를, 기업들과의 협업을 미리 예상할 수 있을까. 김씨네과일의 성장 과정이 모범적인 사업 모델이라고 생각하지도 않고 일반적이라는 생각도 하지 않는다. 하지만 부족함에 대한 걱정 때문에 용기 내지 못하는 사람들에게는 충분히 가능성을 엿보게 해줄 수 있는 사례가 아닐까? 꼭 완벽하지 않더라도, 빈틈이 많더라도 매순간 최선을 다해 진심을 다해 기획한다면 그 모습에 반하는 사람도 있지 않을까?

브랜드를 하나의 생명이라고 생각한다면, 완벽하게 브랜딩이 된 채로 시작하려는 것은 태어날 때부터 성인이길 바라는 게 아닐까. 자본이 두둑한 브랜드에서 두 번째, 세 번째 브랜드를 만드는 경우에는 다르겠지만 나처럼 맨몸으로 시작하는 사람에게는 가장 큰 무기가 도전 정신이다.

실패해도 본전이고 오히려 경험이 자산이 될 테니까 무조건 남는 장사다. 사실 나도 좌절하고 괴로워하면서 실패를 곱씹었다. 그런데 결과적으로 그 실패들에서 얻은 경험들을 갖고 있지 않았다면 지금의 김씨네과일은 절대 지금만큼의 모습을 갖추고 있지 못했을 거다.

혹시나 이 글을 읽는 누군가가 자본이 없어서, 경험이 없어서, 능력이 부족해서 무언가를 망설이고 있다면 당장 걱정을 집어치우고 몸부터 던지길 바란다. 원래 라이터가 없으면 나무로 불 피우는 거고, 마이크가 없으면 목청이라도 뽑는 거다. 돈이 없으면 용기가 자산이다. 경험이 없으면 실패가 자산이다. 두려워할 건 두려움뿐이다.

물론 래퍼들 중에서도 프리스타일을 유독 잘하는 래퍼가 있고 프리스타일이 아닐 때 훨씬 좋은 래퍼가 있다. 나처럼 한 마디, 두 마디 흐름에 따라 채워가는 스타일이 어울리는 사람이 있는 반면 미리 세워놓은 계획대로 하는 게 더 어울리는 사람이 있을 것이다. 그렇기 때문에 두 가지 다 시도해보면서 자신에게 맞는 방향을 찾아가는 것이 좋을 것이다.

내가 만드는 것이 상품성을 갖기 위해서는 그 사람의 것이 될 수 있어야 한다. 그러기 위해선 상대방이 상품을 완벽히 이해할 수 있어야 한다. 그러기 위해선 나 스스로 완벽하게 이해하고 있는 개념이 바탕이 되어야 한다.

어떤 미팅에서 김씨네과일은 하고 싶은 일만 하지 않냐는 말을 들은 적이 있다. 솔직히 기분이 나빴다. 보이지 않는 곳에서 수없이 고민하는 걸 왜 몰라주는 건지. 반대로 생각하니 브랜딩이 잘 돼있나 보다 안심했다. 100가지 중에 92가지는 하기 싫은 일인데 티가 안 났구나.

김씨네과일의 지난 여름 살인 스케줄을 극복할 때 진통제 역할을 한 것들이 있다. 먼저 일이 잘 되고 있다는 사실 자체였다. 성과가 일어나고 그게 돈이 되었으니까. 그리고 가족들에게 자랑스러운 사람이 되고 싶은 마음이었다. 가족들이 기뻐하는 모습을 보며 버텼다. 지금껏 보지 못했던 가족들의 표정을 보았으니까. 그런데 그것만으로도 버티기 어려울 정도로 힘에 부쳤을 때 많은 생각이 들었다. 내가 혹시 어느 순간 욕심을 많이 갖게 됐을까? 아니면 무언가를 잃어버릴까 봐 너무 걱정하게 된 걸까?

사실 김씨네과일이 나뿐만 아니라 같이 일하는 친구들의 생계 수단이 된 뒤로 나는 항상 두려웠다. 작년까지는 벌지도 못하던 액수의 돈이 매달 고정 지출로 나가는데 이걸 내가 계속해서 감당할 수 있을까. 사람들이 언제까지 관심을 가져줄까. 끝까지 최선을 다하겠지만 예상치 못한 순간에 마지막이 찾아올 수도 있으니까. 어쨌든 결과는 내가 받아들이는 수밖에 없을 테니까 후회 없이 해봐야지. 후회가 없기 위해선 과정을 즐길 수 있는 사람이 되어야겠다. 돈을 좇다 행복을 놓치진 말아야지.

083

084

085

086

087

행복

Part 2.

브랜드답게 말고
사람답게

01.

할 땐 한다

용기

그때의 나를 만난다면 위로해주고 싶고,
고맙다고 말해주고 싶다.
뭐든 도전해줘서 고맙다고.

대학교 마지막 학기를 마친 2019년 겨울, 학교와 연계된 프로그램을 통해 단기 인턴을 하던 시기였다. 구체적인 생각은 안 했지만 자연적으로 인턴을 마치면 서울로 올라가 취업 준비를 할 예정이었다. 어느 날 저녁에 문득 서울에서 일로 알게 된 형한테 전화가 왔다. 너 티셔츠 작업 계속하려면 작업실 필요하지 않냐고. 같이 쓸 생각 없냐고.

그 전화 전까지 '작업실은 작가들이 갖고 있는 거 아닌가?' 하는 생각을 하고 있었는데 갑자기 작업실을 너무 갖고 싶었다. 일단 생각해보겠다고 전화를 끊었다. 어차피 작업실 없으면 카페 가서 작업을 할 텐데, 취업을 하게 되더라도 저녁에 쓸 수 있지 않을까. 15분 정도 지났을까, 다시 전화를 걸어 작업실을 같이 쓰겠다고 했다.

서울에서는 큰누나가 살던 원룸에서 둘이 살았다. 원래 내가 올라오는 시기에 맞춰 투룸을 구하려고 했는데, 방을 알아볼 여유가 없어서 1년은 원룸에서 같이 지내기로 했다. 아침 8시쯤 누나가 출근하면 나도 일어나 씻고 작업실로 갔다. 집에는 항상 밤 10시가 지난 후 들어갔다. 누나를 마주치는 게 두려웠다.

내가 작업실을 얻은 것도, 취업이 아닌 다른 곳에 뜻을 두고 있는 것도 말하지 못했다. 대한민국 교육 과정을 지나 졸업에서 취업으로 이어지는 것은 아주 자연스럽고 당연한 일인데 내가 취업을 하지 않고 티셔츠를 만들겠다고 하면 가족들이 어떻게 생각할까. 어떤 방식으로든 좋은 쪽으로 생각할 수 없었다.

당장의 내 모습으로는 가족 앞에 당당하게 이야기를 꺼낼 수 없었다.

나도 내가 취직을 하는 경우만큼 안정적으로 살 자신이 없었다. 단지 이 일이 하고 싶다는 이유만으로 하고 있었기 때문이다. 나는 내 꿈을 뒷받침할 근거가 생겼을 때 말하기로 결심했다. 매일 밤 10시 넘어 지하철에서 내려 집으로 돌아가는 20분이 1년 같았다. 11시쯤 들어가면 자다 일어난 누나는 인사만 하고 다시 잠들었다.

나는 조용히 씻고 누워서 초조하게 잠에 들었다. 아침이 되면 이를 깨문 상태로 잠에서 깼다. 이런 생활이 시작되고 그렇게 오래되지 않아서 무의식중에 이를 꽉 깨무는 습관이 생겼다. 어느 순간 정신을 차리고 보면 어금니에 힘을 꽉 주고 있었다. 정서적으로 불안함이 더 큰 시기에 더 심하게 깨물었다. 평상시에 이가 아플 정도였다.

그러던 어느 날, 〈전국노래자랑〉 종로구 편에 어떤 할아버지가 나와서 손담비의 〈미쳤어〉를 불렀다. 보자마자 '이건 바로 티셔츠로 만들어야 돼'라고 생각했다. 하룻밤 새 작업해서 티셔츠를 만들었다. 티셔츠의 제목은 'Straight Outta Jongro'로 했다. 늘 그랬듯이 내 인스타그램 계정에 티셔츠 사진을 올렸다. 같은 과 후배 현우에게 DM이 왔다. 지병수 할아버지를 찾아가 보라고. 그래서 내가 어딘지 아냐고 물어봤다. 현우는 종로 노인종합복지관 주소를 지도로 찍어서 보내줬다.

'지병수 할아버지가 여기 있다고? 일단 가보지 뭐.'

'돈나'라는 외국인 친구가 있었는데 조만간 만나기로 되어있어서 한번 연락해봤다. 지병수 할아버지 동영상 링크와 함께 DM을 보냈다.

"나 이 할아버지 만나러 갈 건데 같이 갈래? 근데 안 계실 수도 있음."

그렇게 둘이 시간을 맞춰서 박카스를 사 들고 티셔츠를 챙겨 복지관으로 찾아갔다. "없을 것 같애"라는 말을 연신 입에 달고서 복지관 문을 열었다. 데스크에 조심스럽게 "저 지병수 할아버지 찾아왔는데…" 하고 물었다. 2층에 계시다고 안내해줬다. 2층에 올라갔더니 어떤 방에 계셔서 한참을 안 나왔는데 수많은 카메라와 함께 등장하셨다. 스님분들도 계셨다.

불교TV와 〈인간극장〉을 촬영 중이었다. 지병수 할아버지께 조심스럽게 다가가 티셔츠를 보여드렸다. 티셔츠에 담긴 본인의 사진을 보시자마자 얼굴이 환하게 밝아지셨다. 선물 드리러 왔다고 하니까 너무 반가워하셨고 PD분들이 신속하게 우리와 지병수 할아버지를 한 앵글에 담고 인터뷰를 했다. 지병수 할아버지는 피디분들의 갑작스러운 댄스 요청에도 무반주로 그 자리에서 춤을 선보이셨다. 지병수 할아버지께 티셔츠가 필요하면 언제든 말씀 주시라고 이야기 드리고 번호를 교환했다.

국민 프로그램 〈인간극장〉에 내가 나왔다. 꿈만 같았다. 〈인간극장〉의 인트로 영상에도 내 모습이 실렸다. 〈인간극장〉 특유의 부드러운 내레이션으로 나와 내 친구가 전국에 소개되었다. 그런데 티셔츠 판매를 허락 맡기 위해 찾아온 청년들로 소개가 되었다. 판매의 '판'자도 꺼내지 않았는데. 그러는 중에 내 계정을 통해 지병수 할아버지 티셔츠 구매를 원하는 분들의 연락이 쇄도했다.

고민을 하던 저녁, 국밥을 먹다 결심이 들어 지병수 할아버지께 전화했다. 너무 조심스러웠다. 누군가의 얼굴을 빌리기 위해 허락 맡는다는 게 생각보다 어려웠다. 할아버지께 조심스럽게 설명을 드렸다. 할아버님 티를 찾는 분이 많고, 허락해주시면 제가 직접 제작하고 판매해서 수익을 나눠드리겠다고 했더니 이런 답변이 돌아왔다.

"수익은 나눠주면 좋고 안 나눠줘도 좋고. 그냥 열심히 해봐. 젊은 사람이 잘 해봐야지."

할아버님과 전화를 끊고 울컥하는 마음을 다독이며 밥을 먹었다. SNS에 글을 올렸다. 지병수 할아버님께 허락 맡았다고. 판매를 시작하니 티셔츠 주문이 줄줄이 들어왔다. 나는 보통 독립적으로 활동하는 힙합 아티스트들과 함께 협업 티셔츠를 많이 만들었었는데 그 수준 이상의 판매량이 나왔다. 일주일 남짓의 프리오더를 받았었는데 판매 문의가 생각보다 더 꾸준히 왔다. 그래서 인스타그램에 다시 글을 올려서 '이거 문의 자꾸 오는데 혹시 사실 분 있나요?'하고 물었더니 이전보다 더 많은 반응이 왔다. 네이버폼으로 주문 양식을 만들어서 다시 판매를 했다.

혜성처럼 등장한 지병수 할아버지의 대중적인 인지도를 바탕으로 다양한 층의 구매가 이어졌다. 우리 엄마와 엄마의 회사 동료분들까지 구매했다. 지병수 할아버지 티셔츠의 이례적인 성공으로 당분간의 생활비와 밥값을 넉넉히 마련했다. 실질적인 밥값을 걱정하던 시기였는데 지병수 할아버지가 없었다면 아마 하루 한 끼도 벅찬 시기가 되었을지 모른다.

당시 내 팔로워는 1~2천 명 정도였고 광고, 협찬 등 어떤 마케팅을 하지 않았음에도 다양한 사람들이 구매를 했다. 인기 유튜브 채널 중 하나인 '삼대장'의 도윤님이 구매를 해주셨는데 그 후로 인연이 되어서 친구 같은 사이가 되었다. 감사하게도 요즘에도 삼대장의 도윤님을 통해 알게 됐다는 분들을 종종 만나곤 한다.

2XL를 주문한 분 중에 내 주문 착오로 사이즈를 변경을 해야만 하는 상황이 생겼다. 그래서 2XL 주문한 분들에게 전화를 돌렸는데 그중에 '이상준'이라는 분이 있었다. '개그맨이랑 이름이 똑같네.'라고 생각하며 전화를 해서 설명을 드렸는데 담담한 어조로 XL로 흔쾌히 변경해주셨다. 그러고 얼마 뒤 누가 제보해준 유튜브 영상 속에 개그맨 이상

준님이 내가 만든 지병수 할아버지 티셔츠를 입고 있었다. "아, 뭐야. 진짜 이상준이었네."

그때의 나를 만난다면 위로해주고 싶고, 고맙다고 말해주고 싶다. 뭐든 도전해줘서 고맙다고. 몇십만 원 가지고 밥도 먹고, 작업실 월세도 내고, 티셔츠도 만들고 다 하던 시절. 돌아가서 천만 원 정도 통장에 넣어주고 싶다. 그럼 뭔가 엄청난 걸 보여주지 않을까?

02.

경험을 판매한다

스티커로 표지 속 티셔츠를 꾸며 나만의 표지를 만들어보세요!

호기심

김씨네과일은
산속 어딘가 자연스럽게 생겨난
산길 같았다.
좁고 제대로 안내되어 있지도 않지만
그래도 뭔가 편안하면서도
한 번 쭉 가보고 싶은 길.

김씨네과일 첫 장사를 시작한 5월부터 11월이 올 때까지 쉬는 날은 딱 이틀 있었다. 수많은 미팅, 행사, 디자인 작업, 인쇄 작업 등 하루에 3시간씩 자면서 일을 했다. 몸이 박살날 것 같았는데 버틸 수 있었던 데에는 두 가지 이유가 있었다. 그동안 이루지 못했던 성취를 위해서가 첫 번째였고 두 번째는 사람들이 즐거워하는 모습이었다. 우리 모습만 보고도 신기해하고 재밌어하는 사람들, 사려고 했던 종류의 과일 티셔츠를 사고 좋아하는 사람들, 전에 샀던 과일 티셔츠를 입고 다시 사러 찾아온 사람들.

살면서 이렇게 다양한 사람들과 소통한 적도 없었고 이렇게 반김을 받은 적도 처음이었다. 단지 재밌어서 시작한 일이었지만 일이 고돼서 많이 힘들었다. 그럼에도 이렇게 우리를 반기는 사람을 보고 있자니 신기한 기분이 들었다. 굳이 더운 날에 긴 줄을 기다려서 내가 만든 티셔츠를 사고 웃으면서 돌아간다. 내가 뭔가 의미 있는 사람이 된 것 같은 기분이 들었다. 우리가 만들어 놓은 이 모습이 하나의 이야기가 되고 사람들에게 전달되어서 또 다른 이야기들로 새로 만들어져 퍼져 나가는 느낌이었다.

나는 자주 의문이 들었다.
그렇게 수많은 티셔츠를 만들었는데.
왜 이번에는 이렇게 유독 반응이 좋을까.

나는 늘 내 기준에서는 항상 최대한 재밌게 만들었는데 어떻게 이번에는 이렇게 잘될까. 기존의 것들과 큰 차이점이라면 인물이 아니라 과일이 주제였다. 과일이라는 것은 인지도의 문제도, 호불호의 문제도 없었다. 웬만한 사람이라면 20가지 과일 중에 적어도 하나는 좋아하는 과일이 있으니까. 두 번째는 완벽한(?) 디스플레이. 과일티를 만들고 자연스럽게 떠오른 빨간 바구니와 노란 바구니도 처음 받는 순간 어찌나 후회되던지. 굳이 플리마켓 하루에 이 돈을 들여서 이런 걸 산다고. 막상 빨간 바구니에 담았는데 대만족 중의 대만족이었다.

"너무 귀엽다."
창작을 하는 사람으로서 기쁨에 빠지는 순간이었다.

여기저기서 주워서 가져간 박스에 슥슥 대충

글과 이름을 적었고 깊은 생각 없이 '김씨네과일'을 적었다. 그리고 고민 끝에 챙겨간 검은 봉지까지…. 마지막으로 조용일 실장. 그렇게 김씨네과일이 완성되었다.

계획된 브랜딩이 아닌 블록을 쌓듯 내 맘대로 차곡차곡 쌓아 올린 모양이 하나의 브랜드가 되었다. 서툰 만큼 인간적인 빈틈이 사랑스러웠다. 내가 자연스럽게 만들어 온 김씨네과일의 스토리가 자연스러운 길이 되어서 사람들에게 자연스럽게 전달이 잘 된 것 같다.

아디다스나 나이키 같은 브랜드가 잘 닦여진 평평한 아스팔트 길이라면, 김씨네과일은 산속 어딘가 자연스럽게 생겨난 산길 같았다. 좁고 제대로 안내되어 있지도 않지만 그래도 뭔가 편안하면서도 한번 쭉 가보고 싶은 길. 너무 내 멋대로 표현했나. 김씨네과일이 이제는 나에게 철학이 되었다.

나는 100명이 납득할 수 있는 논리보다 10명이 공감할 수 있는 스토리가 더 중요해졌다.

솔직히 처음에 오프라인 판매만 했던 이유는 온라인 판매를 할 시간이 없어서였다. 그런데 장사를 하면 할수록 느껴졌다. 사람들이 오는 이유가 정말 많지만 그중 일부는 우리가 파는 모습 자체를 즐기는구나. 장사를 하는 역할에 충실하다 보니 어느새 진짜 장사꾼 같은 모습을 하게 되니까 사람들이 우리를 캐릭터처럼 바라봤다. 그리고 우리는 매일 보는 빨간 바구니였지만 처음 보는 사람들은 바구니에 들어있는 과일 티셔츠를 재밌게 바라보았다.

과일티는 내가 이곳을 다녀간다는 증표처럼 여겨졌다. 자연스럽게 티셔츠라는 상품이 아니라 경험이라는 상품으로서 팔리는 걸 이해하게 됐다. 그럼 온라인으로 팔게 되면 오프라인에서 느낄 수 있는 경험이 상품에 포함되지 않게 되겠구나. 그러면 과일 티셔츠도 그렇게 매력 있는 상품이 아니겠구나. 하지만 온라인이더라도 오프라인만큼의 경험이나 즐거움을 줄 수 있다면 온라인도 얼마든 오케이다.

기억에 남는 손님으로는 '이은수 작가, 장정우 씨'라고 부르는 커플이 있다. 우리 행사에 10번 이상 와주었던 것으로 기억되는 커플이다. 맘스터치 팝업 때 산 옷을 이마트24 팝업에 입고 오는 식이었다. 이은수 작가는 동양화를 전공했고 올해 졸업했다. 포켓몬을 너무 좋아해서 졸업 전시 작품도 동양화로 포켓몬을 그린 포켓몬계의 강형욱이다. 온갖 포켓몬 관련 행사와 굿즈를 섭렵하는 것이 특기이다. 동물 박사처럼 포켓몬을 꿰고 있다.

장정우 씨는 회사에서 일하는 것으로 들었는데 정확히는 모르지만 금붙이를 자주 하는 걸 보면 돈이 좀 있는 것 같다. 어찌 됐든 이 커플은 텐션이 높지 않고 조용조용한 편인 데에 반해 굉장히 활동적이다. 몇 달 사이에 미국과 일본도 함께 여행 다녀온 사이이다. 둘이 닭살이 아닌 척하지만 오히려 그 모습이 더 닭살 돋는다.

손을 잡고 있다고 놀리면 서로 손을 휙 뿌리치지만 어느새 자석처럼 다시 손이 붙어 있곤 한다. 스스로를 엔조이 커플이라 칭하지만 사실은 최고의 닭살 커플이다. '혹여라도 책이 나온 뒤에 둘이 헤어진다면 어떡하지?'라는 고민이 지금 들긴 하지만 김씨네과일의 손님을 떠올리면 절대 빼놓을 수 없는 둘이라 남겨놓는다.

부산 손님들의 귀여운 점은 친구들끼리 이야기할 때는 사투리로 편하게 말하는데 우리가 뭐 물어보면 서울용 사투리가 나온다는 것이다. 한번은 부산 영화의 전당 팝업 행사에서 자전거를 타는 무리를 만났다. 중학생으로 구성돼 있었고 벽을 타고 물건을 뛰어넘는 모습이 발랄하면서 에너지가 넘쳤다. 아이들에게 티셔츠를 선물해줄 테니 영상을 찍어도 되냐고 물어봤다. 오케이를 얻고 티셔츠를 나눠줬다.

과일 티로 갈아입고 한 명 한 명씩 묘기를 보여줬다. 빨간 바구니를 하나 뛰어넘고, 두 개 뛰어넘고, 개수를 쌓아가면서 뛰어넘겼다. 어느 정도 이상의 개수를 넘기니 실패가 생겨났다. 그럴 땐 오히려 성공할 때까지 오기로 더 덤벼들었다. 단순히 보고 있는 것만으로도 에너지가 넘쳤다. 동생 같은 느낌도 들고 호기 넘치는 모습들이 너무 사랑스러웠다.

"너네 밥 먹었어? 뭐 좀 먹을래?"

부스에서 파는 피자와 치킨을 사서 애들을 줬다. 나이를 먹었나. 왜 저 모습들이 흐뭇할까. 그중에 장군의 덩치를 가진 친구가 한 명 있었는데 이름이 시후였다. 무표정일 땐 무섭지만 웃을 땐 눈이 반달 모양이 되면서 사라지는 모습이 마치 겉바속촉 같은 느낌이었다. 말수는 별로 없는데 문득 던지는 한마디가 웃긴 그런 친구였다.

한 달쯤 흘러 현대자동차 협업으로 다시 부산에서 출장 판매를 했는데 늘어선 줄 사이에 덩치 큰 친구가 눈에 띄었다. 시후가 더운 표정으로 입고 있는 티셔츠를 털면서 서 있었다. 지난번에 선물했던 코코넛 티셔츠를 입고 있었다. 친척 동생을 닮아 더 반가웠다. 우리가 끝날 때까지 기다려준 시후와 부산 국밥에 대한 이야기를 나누며 함께 저녁을 먹었다. 그리고 돌아와 배스킨라빈스와의 팝업을 하는데 또 덩치 큰 남자아이가 가방을 메고 더운 표정으로 서 있었다.

시후는 언제나 루틴이 있었는데 돌아가기 전에 꼭 우리와 함께 사진을 찍었다. 얼마 전 시후의 인스타그램 계정에 들어가 보니 하이라이트로 김씨네과일이 만들어져 있었다. 우리와 찍은 사진들을 쭉 늘어놨는데 감동이었다. 마지막 사진은 얼마 전 놀러 온 동대문 김씨네과일 매장에서 찍은 사진이었다. 귀여운 녀석. 이런 인연들 덕에 힘을 내서 버틴다.

03

이야기는
마르지 않는다

순환

하나의 이야기가
수백 가지의 이야기가 되어서
첫 번째 이야기의 목소리를
더욱 키워주었다.

김씨네과일을 만들어오면서 만족스러웠던 부분은 스토리텔링이다. 플리마켓에서 시작한 김씨네과일이 다마스를 타고 배달을 다니다가 가게들을 빌려 출장 판매나 팝업 스토어를 진행하고, 홈쇼핑에 진출하고, 백화점에 들어가 오픈런을 만들어냈다. 한 과일 가게의 성장 스토리를 현실에서 드라마로써 내려간 작가가 된 것만 같은 뿌듯함을 느꼈다.

젊은 청년들이 다마스를 타고 전국을 다니며 티셔츠를 판다, 과일처럼 파는데 과일이 아니라 티셔츠다, 온라인으로는 판매를 안 하기 때문에 꼭 직접 가야 살 수 있다, 그런데 판매 일정도 제각각이라 항상 인스타그램으로 확인해야 한다 등 이런 이야기들은 판매 현장, 블로그, 유튜브, 뉴스 등에서 들리는 이야기다.

우리가 갖고 있는 모든 특징들이 이야기가 돼서 사람들 사이에 구전이 되었다. 바이럴 마케팅을 의도치 않게 한 셈이다. 우리의 방식은 대부분이 의도되지 않은 것들이다. 그래서 사람들이 우리의 이야기를 자연스럽게 따라올 수 있었다.

처음에 다마스를 빌린 이유도 사람들은 계속 티셔츠를 찾는데 마땅히 다시 팔 곳이 없었기 때문에 생각했던 아이디어다. 온라인으로 팔지 않았던 이유는 오프라인으로 장사를 하는 데에 바빠서였는데 이게 우리에게 한정판의 이미지를 만들어주었다.

판매 일정을 빠르게 공지를 하지 않았던 이유는 우리도 장담을 못 했기 때문에 늦게 올렸던 것인데 일부 사람들은 이걸 마케팅 전략으로 받아들였다. 영화 〈극한직업〉에서 형사들이 만들었던 수원왕갈비치킨처럼 의도하지 않았던 이유들로 장사가 잘 되었다.

의도의 여부를 떠나 상품에 있어서 스토리가 얼마나 중요한지를 절실히 깨닫는 계기가 되었다. 내가 사업자 내고 5년간 했던 일들을 돌아봤을 때 상품 자체 혹은 마케팅에서 스토리텔링이 부족했을수록 사람들이 매력을 느끼지 못했었구나 하는 생각이 들었다.

오프라인으로 찾아오는 사람들에겐 찾아오기

로 한 순간부터 돌아가는 순간까지, 그리고 친구들, 가족들과 나눠 입고, 여행가고 사진을 남기는 것까지 과일티와 함께 자신들의 이야기와 추억을 만들어 냈다. 그 이야기들은 또 다른 사람들에게 전달되고 김씨네과일을 찾는 사람이 많아지는 선순환이 일어 났다. 이렇게 하나의 이야기가 수백 가지의 이야기가 되어서 첫 번째 이야기의 목소리를 더욱 키워주었다.

04

복싱처럼 힘을 빼고 덤벼야 할 때가 있다

당당

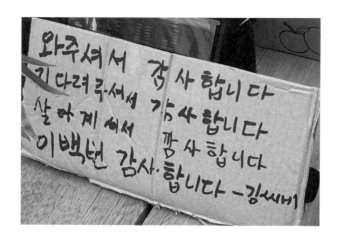

돈을 벌고 싶으면 돈을 벌고 싶다고,
사랑받고 싶으면 사랑받고 싶다고
이야기할 수 있는
진솔한 브랜드가 되고 싶다.

좋은 편지지에 예쁜 글씨로 쓴 편지만 감동을 줄 수 있는 건 아니다. 메모지에 휘갈긴 몇 줄로도 감동할 수 있다. 진심만 있다면. 난 김씨네과일로 그걸 증명했다는 자부심이 있다. 시즌도 없고 매장도 없던 하나의 프로젝트가 솔직함을 무기로 브랜드가 되었다. 특이한 콘셉트 외에는 아무것도 없었다. 그 콘셉트도 만들어 둔 게 아니라 하면서 만들어진 것. 가진 대로 다 보여줬고 아무것도 없었기에 오히려 그것에 감동했다.

그동안 얼마나 얽매였는가. 아무것도 없는데 있는 척하고 싶어서 판넬로 집을 짓고 그걸 브랜드라고 보여준 셈이다. 하루아침에 콘크리트 건물이 가능하지 않았던 것처럼 처음에는 모닥불이라도 피우고부터 시작하는 건데 그걸 몰랐다.

무섭게도 나는 복싱부 출신이다. 중학교 때 2주간 복싱부에 속해있었다. 14일의 시간 동안 기억 안 날 만큼 줄넘기와 스텝으로 단련했다. 사실 오래된 일이라 기억이 나지 않는다. 비록 아버지의 반대로 중도 하차했지만 나의 복싱 경력으로 미루어보았을 때, 중요한 포인트 중 하나는 힘을 빼는 것이다. 있는 힘껏 무작정 주먹을 휘두르는 게 아니라 불필요한 힘은 빼고 정확한 근육의 쓰임을 통해 최상의 타격을 주는 것이다. 이건 인생을 관통하는 논리였다.

당장 한주먹으로 상대를 때려눕히면 좋겠지만 우선 가볍게 한 방 한 방 쌓아가며 경기에 집중하다 보면 결정타를 날릴 순간은 분명 눈에 보일 것이다. 물론 나는 스파링 경험이 없어서 글러브를 끼고 싸운 적은 없지만 맨주먹으로 사회와 싸우면서 배웠다고 말할 수 있다. 세상을 상대로 복싱을 한 걸까. 욕심부려 주먹을 크게 휘둘렀는데 되려 빈틈을 주고 된통 두드려 맞은 적 또한 많다.

그런데 김씨네과일은 정말이지 온몸에 힘을 빼고 휘둘렀다. 과일티, 바구니, 박스, 검은 봉지, 용일이. 힘을 전혀 주지 않고 날리는 한 타, 한 타가 정확히 꽂혔다. 리듬이 좋았을까, 내공의 힘일까. 내가 봤을 땐 다마스로 KO승이 났던 것 같다. 연전연승을 거듭하며 소문이 나고 수많은 곳에서 찾기 시작했다. 무대도 커지고 판매 수익도 파이트머니처럼 쭉쭉 올라갔다. 그러는 중 욕심도 조금씩 생겨났다.

관중을 의식하듯 사람들의 반응까지 신경 쓰게 되니 어디에도 집중을 하지 못했다. 브랜드들과 일하면서 계약서를 자주 썼고 그 안에서 실수하며 배우는 것들도 정말 많았다. 진심으로 승부 보지 않고 지레짐작으로 판단했다가 틀린 적도 많았다. 그 상황에서 자연스럽게 생길 수 있는 욕심들이었지만 그 욕심들이 발목을 잡았다.

욕심 없이 덤빈 일이 잘되고, 그러면서 욕심이 생겨나고, 이전과 다른 마음가짐으로 인해 판단이 흐려지면서 실패가 일어나고. 힘이 들어가면 안 되는 걸 알면서도 무의식중에 힘이 들어가는 게 사람 아닐까? 중요한 건 꺾이지 않는 마음과 꺾였지만 계속하는 마음. 힘이 들어가면 다시 빼고 할 수 있는 데까지 최선을 다하자.

김씨네과일에 대해 사람들이 오해하는 것이 있다. 완벽한 콘셉트를 위해 노력하는 브랜드로 이해한다. 사람들은 모를 테지만 나는 혹여라도 불필요한 콘셉트로 사람들에게 거부감을 줄까 봐 정말 많이 걱정한다.

장사 첫날은 콘셉트를 머리부터 발끝까지 온 몸에 휘감았다. 정글모, 선글라스, 바라클라바, 팔토시, 장갑, 조끼, 복대에 정말 코스프레가 따로 없었다. 하지만 그 이후 장사 때부터 덜어내기 시작했고 나중에는 정말 필요한 조끼만 필수로 남겼다. 영수증 용지와 현금을 보관하기 위해 필수적이었다. 우리만의 세계관을 만들고 그 세상에 살기보다는 정말 이 현실을 살아가길 원했다. 장사꾼처럼 보이기보다는 장사꾼이 되고 싶었다.

지금도 항상 기획에 있어서 어떤 콘셉트를 더할 때 정말 필요한 것인지 두 번, 세 번 고민한다. 힘이 들어가면 들어간 힘만큼 오히려 무리를 줄 수 있으니까. 정말 필요한 것만 남기기 위해 고뇌한다. 우리의 영향이었던 건지는 증명할 수 없지만 지난 여름 시장 콘셉트의 마케팅, 브랜딩이 우후죽순 일어났다. 내부적인 결과는 알 수 없지만 내가 느끼기에는 매력을 느끼기 힘든 것들이 많았고 외부적으로 봤을 때 사람들도 충분히 즐기진 않은 것으로 보인다.

내가 생각했을 땐 그 사람들은 시장 사람의 옷을 빌려 입고 싶었던 것 같다. 나는 시장 사람의 옷을 입는 게 아니라 시장 사람이 되고 싶다. 장사는 시장에서 하지 않지만 시장 사람들처럼 진심으로 승부하고 꾸며내지 않은 모습으로 사랑받고 싶다.

돈을 벌고 싶으면 돈을 벌고 싶다고, 사랑받고 싶으면 사랑받고 싶다고 이야기할 수 있는 진솔한 브랜드가 되고 싶다.

05.

나를 브랜드로
키워낸 경험

돈

천 원밖에 없을 땐 천 원으로 잘 살았는데
십만 원이 있을 땐 나한테 만 원밖에
안 남을까 가슴 졸이며 사는
내 모습을 보니 한탄스러웠다.

행복한 순간을 좇아 달려왔는데
내가 달려온 만큼 다시 멀리 가 있는
느낌이었다.

결국에는 지금 행복해야겠구나.

좋아하는 일이 직업인 사람은 퇴근이 없다. 길을 걸으면서도, 친구와 커피를 마시면서도, 침대에 누워서도 일에 대해 생각한다. 일이 삶이고 삶이 일이다. 나는 일을 안 하면 스스로 쓸모없는 사람처럼 느껴진다. 뭔가 만들어내지 않으면 죽어가는 것만 같다. 뭔가를 만들어내서 사람들에게 보여 주어야 비로소 뿌듯하다.

나만의 즐거움은 그저 내 안에 생겼다 사라지는 존재감 없는 바람 같다. 다른 사람이 즐거울 수 있는 걸 만들어야 비로소 그게 나에게도 의미 있는 즐거움인 것 같다. 스스로 괴롭혀가면서 지금까지의 결과물들을 만들었다. 이런 방식이 나 스스로를 움직이게 하면서도 지치게 하는 양날의 검처럼 느껴진다. 양날의 검은 양날로 쓸 만한 이유가 충분하니 그렇게 만들었겠지. 잘못 다루면 스스로 다칠 수 있지만 잘만 다룬다면 좋은 무기가 될 것이다.

삶에는 목적이 없어야 한다고 생각한다. 삶 자체가 목적이어야 한다고. 삶의 결과는 누구나 똑같이 죽음이고 결국 삶은 그 과정을 만들어 나가는 일이다. 삶은 어떤 목표를 이뤄도 멈추지 않는다. 목표의 뒤에는 또 다른 목표가 있을 뿐.

2019년 내 목표는 티셔츠 1,000장 팔기였다. 그리고 2022년의 목표는 1년 안에 티셔츠로 1억 벌기였다. CJ온스타일 라이브 커머스로 판매했을 때는 하루에 4,000장 팔고도 모자랐고 그날 매출이 약 1억 원이었다. 더 큰 목표가 있었다면 많은 사람들이 내 티셔츠를 입는 것이었다. SNS, 유튜브, 신문 등 우리 소식이 실린 곳이 넘쳐났고, 전국 곳곳에서 내가 만든 티셔츠를 입었고, 길 가다 마주치는 경우도 정말 많았다.

분명 내 생각만큼 기뻤지만 잠시뿐이었다. 난 아마 게임이나 영화의 엔딩 같은 걸 기대했던 것 같다. '축하합니다, GAME OVER', '행복하게 살았답니다. ―The End―'처럼 멋진 피날레가 있는 건 줄 알았는데. 천 원이 있을 땐 만 원을 벌기 위해 노력해야 했고, 십만 원이 있을 땐 백만 원을 벌기 위해 노력해야 했다. 천 원밖에 없을 땐 천 원으로 잘 살았는데 십만 원이 있을 땐 나한테 만 원밖에 안 남을까 가슴 졸이며 사는 내 모습을 보니 한탄스러웠다.

행복한 순간을 좇아 달려왔는데 내가 달려온 만큼 다시 멀리 가 있는 느낌이었다. 이게 목표를 위한 삶인 것 같다. 결국에는 지금 행복해야겠구나. 지금 행복하려면 내가 지금 좋아하는 일을 해야겠다. 해야 할 것 같은 일보다는 하고 싶은 일을 좇아야겠다.

당장 내가 하고 싶은 일을 하는 일.
목표를 이루지 못해도 행복할 수 있는 길이다.

내가 할 수 있는 만큼 한다면 후회는 없을 것이다. 어차피 성공하거나 실패하거나 둘 중 하나고, 받아들이는 게 내가 할 몫인데. 하는 과정을 즐길 수 있는 일이라면 결과는 내가 받아들이면 된다.

내가 그럴 능력이 되는지 모르겠지만 사람들에게 희망을 주고 싶다. 정형화된 길이 아니더라도 가고 싶은 방향이 맞다면 가도 된다고 말할 수 있는 사람이 되고 싶다. 되지 않을 것 같은 일도 충분히 일어날 수 있으니 두려워하기보다는 자신을 믿고 스스로 좋아하는 일에 투자하라고.

하루 전 팝업 공지, 오프라인 판매 등 공식에 맞지 않는 마케팅 방법으로 이례적인 마케팅 효과를 만들어냈다. 물론 의도한 게 아니었다. '이게 되나?' 싶은 것들로 되게 만들었다. 마케팅 일을 하는 사람들이 많이 부러워했다. 자신들이 하고 싶던 방식이라는 이야기를 했다. 불완전함이 주는 미학일까.

우리가 보여주었던 빈틈이 사람들의 숨 쉴 구멍이 된 것 같다. 그런데 우리도 나름의 규모가 생기고 협업사들이 생기면서, 우리도 모르게 틀에 맞춰서 행동하는 스스로의 모습을 볼 때가 있다. 그렇게 생각되는 일일수록 사람들이 덜 재밌어했다. 어떻게 보면 반항아적인 이미지, 브랜드답게가 아닌 사람답게 행동하는 우리를 좋아했던 것 같다는 생각이 든다. 오케이. 내가 가진 걸 다 잃어버리더라도 처음과 같은 모습을 보여주자.

앞으로도 브랜드답게 말고 사람답게 행동하자. 자연스럽게.

꾸며내지 말고.

브랜딩은 내 이름 석 자를 사람들에게 좋게 남기기 위해서 노력하는 것부터 시작이라고 생각한다. 이미 모두가 하고 있다. 단지 그게 나 자신이냐, 내가 만든 무언가냐의 차이가 아닐까. 브랜드가 내 이름이라고 생각하고 전개하면 되는 게 아닐까. 브랜딩을 브랜딩으로 생각하지 않고 편하게, 다만 진심으로만 하면 최소 김씨네과일만큼은 누구나 할 수 있을 것이다.

언제 한번 미팅에서 나를 '셀프 브랜딩을 잘한 사례'라고 표현하신 분이 있었는데 브랜딩이라는 말 자체가 갑자기 너무 어색하고, 더군다나 잘했다니까 의아했다. 맨날 고민하고 후회하는데 왜 잘한다고 했을까. 그냥 내가 좋아하는 것들로 만든 결과물들 공유하고, 내가 좋은 것 같은 것들을 공유했는데.

내가 어떻게 보일지에 대해 생각해보면 항상 후회스럽고 고민이 많았다. 이게 맞을까에 대한 생각을 하면 항상 생각이 꼬리를 물고 스스로 괴로워했다. 이런 내가 브랜딩에 대해서 누군가에게 말을 해야 한다면 뭐라고 할 수 있을까. 그냥 솔직하게, 진솔하게 좋아하는 걸 좋아하면서 긍정적인 이야기들 많이 전하면 된다고 하려나. 아니면 정말 내가 지금까지 잘해온 게 맞다면 항상 스스로 고민하고 돌아보는 게 답일지도 모른다.

06

나를 대단한
사람으로
만들 수 있는 사람

믿음

나를 대단한 사람으로
만들 수 있는 사람도 나다.

김씨네과일을 시작하고서부터는 아침에 일어나서 잠이 들기 전까지 일을 한다. 최근 들어 일을 안 하고 온전히 쉬는 날은 한 달에 하루 정도 되는 것 같다. 오늘도 일을 마치고 후카바에서 즐겁게 이야기 나누는 사람들 사이에서 글을 쓰고 있다. 지금은 3월 29일 수요일 오후 10시 35분이다. 요즘 가끔 내가 왜 이 일을 해야 하는지 모르겠다.

좋아하는 일이라서 시작한 건 맞지만 내가 왜 아침부터 밤까지 일을 해야 할까. 좋아하는 일을 해야 버틸 수 있다는 말을 하기에는 너무 지쳐있다. 그럼에도 내가 버틸 수 있는 이유는 행복함과 감사함을 느꼈던 기억들 덕분이다.

지난주에 했던 용산 아이파크몰 팝업 행사에 찾아온 사람들의 웃는 모습들이 스쳐 지나간다. 정말 돈 때문이었다면 절대 할 수 없었다. 월, 화, 수, 목, 금, 토, 일 12시간씩 일하면서 버틸 수 있는 이유는 사람들의 웃는 모습 덕분이었다. 그 모습들을 보고 있으면 내가 뭐라도 되는 것 같은 기분이다.

의미 있는 사람이 된 것 같은 기분.

직원들이 손님들과 웃으면서 이야기 나누는 모습을 볼 때 꽃밭을 바라보는 기분이다. 사람들이 어떻게 느낄지 모르겠지만 나는 심훈의 《상록수》에서 농촌계몽운동을 하는 젊은 주인공들처럼 사람들의 삶을 바꾸고 싶은 어떤 사명감이 내 마음속에 있다. 더 나은 세상을 만들고 싶다는 말은 무슨 영화 주인공이 해야 할 것 같은 말처럼 들리지만 난 진심으로 그런 마음과 뜻을 갖고 있다.

티셔츠를 처음에 만들기 시작한 이유는 개인의 만족 때문이었지만 내가 만든 티셔츠로 생겨나는 세상의 작은 긍정적인 일들이 나를 의미 있는 사람처럼 느끼게 만들고 그런 이유에 의해서 나는 지금 이 시간에도 글을 쓰고 있는 것 같다. 누구 한 사람이라도 내가 쓴 글을 읽고 '열심히 살아야겠다'라는 생각을 하게 된다면 나는 행복할 것 같다. 나는 문득문득 생각나는 문장들을 메모장에 적는 습관이 있는데 오늘 저녁에 마침 이런 말을 적었다.

"사람들이 좋아할 것 같은 거 하지 말고 내가 좋아하는 거, 잘하는 거 하세요. 꼭 누군가는 알아줄 겁니다."

이 책의 담당 편집자인 승민님이 내 글은 사람들에게 하는 이야기이면서도 나 자신한테 하는 이야기 같다고 말했다. 생각해보면 맞는 말 같다. 나도 글을 쓰면서 나 스스로한테 용기를 주는 것 같다는 생각이 든다.

많은 사람들이 나한테 요즘 너무 잘하고 있는 모습 보기 좋다고 이야기를 하는데 정말 잘 해내고 있는 듯한 모습 뒤에 매일 좌절하고 후회하는 모습들이 10배 이상 많이 숨어있다.

하다못해 인스타그램에 올린 글에 생각보다 '좋아요'가 없을 때 사람들이 나를 좋아하지 않는 것 같은 기분에 사로잡힌다. 어플의 하나의 의사 표현 시스템 때문에 내 하루 기분을 망치는 경우가 정말 많다. 그런 상황에서 누굴 응원하고 용기를 북돋을 글을 쓰려 한다니.

괴롭지만 어쩔 수 없이 정해진 시간에 맞춰 계속 글을 써나갔다. 글을 쓰면서 내 생각이 정리되고 나에게 필요한 이야기를 나 자신한테 들으면서 하루 또 버텨낼 힘을 조금씩 만들어가고 있는 듯하다. 스스로 용기를 주는 일이 얼마나 중요한지에 대해서는 잘 알고 있다. 나를 가장 믿어야 하는 사람 또한 나라는 걸 알고 있다.

나를 대단한 사람으로 만들 수 있는 사람도 나다.

어떤 상황에서도 사람은 좌절한다. 성공 속에서도 수많은 좌절이 수반된다는 것을 요즘 깨닫고 있다. 성공 뒤에도 실패가 있다는 걸 안 지 얼마 안 돼서 아직 적응하지 못한 것 같다. 얻은 만큼 잃어버릴 수 있는 게 많아진다는 걸 깨달았을 때는 정말 많이 공허했다. 사실 지금도 많이 그렇다. 어떻게 하면 행복하게 살 수 있을까.

결국에는 성공도 실패도 절대적인 게 아니기 때문에 행복하기 위해서는 내가 살고 있는 지금 행복해야 한다고 생각한다. 지금 행복하기 위해선 내가 좋아하는 일을 해야 한다. 일의 결과에 상관없이 후회 없도록 즐길 수 있는 일을 하는 것이 행복할 수 있는 방법이다. 그리고 정말로 내가 잘할 수 있는 일은 내가 좋아하는 일이다.

내가 잘해줄 수 있는 사람은 내가 좋아하는 사람이지 내가 좋아하지도 않는 사람에게 잘해주려 한다 한들 얼마나 그 사람을 이해하고 좋아할 수 있을까? 짝사랑을 하더라도 내가 정말 좋아하는 사람을 좋아해야 후회 없는 삶을 살 것이다.

후회 없이 내가 좋아하는 것을 좋아하자.

그게 내가 일을 잘 해낼 수 있는 전략이면서 내가 가장 행복하게 살 수 있는 방법이다. 부디 내가 생각하는 이 내용들이 누군가에게 쓸모 있길 바란다.

어떤 목표도 나를 행복한 사람으로 만들어 줄 수 없다. 삶이 주어지면서 내가 가진 유일한 사명은 살아가는 것 그 자체이고, 그 외 삶의 다른 목적은 내가 필요에 의해 만들어 가는 것이다. 절대 내가 진심으로 원하지 않는 삶의 목적을 만들지 않길 바란다. 행복은 결과가 아니라 과정이다.

07.

함께 일합니다

같이

알바몬 김씨네과일 전국 출장 중 찍은 사진

조용일 실장 · 한창우 차장 · 이수현 감독
이용찬 부장 · 이정후 실장 · 권순현 특사
한수민 특사 · 진휘민 명예실장
김현섭 명예실장

🍎 조용일 실장

러시아에서 처음 만남. 2018년 월드컵이 열리던 당시 독일전을 하루 앞두고 거리에서 독일인들과 응원전이 펼쳐졌는데 그곳에서 처음 만났다. 김씨네과일 첫 판매가 있기 전날 저녁 우연히 생각이 나서 전화했다. 콘셉트가 잘 맞을 것 같아서. 마침 시간이 돼서 오기로 했고 시장에서 일하는 사람처럼 입고 오라고 했는데 정말 시장 사람이 되어서 왔다. 그 뒤로는 쭉 함께했다. 수수하며 옛것 특히 7080세대의 음악을 좋아함. 자유로운 영혼. 여행을 좋아함. 외국인 친구가 정말 많다.

퇴근하면 줄곧 마마에티오피아라는 외국 음식점에 가서 시간을 보낸다. 그곳의 사장님을 포함한 외국인 친구들과 함께 인생을 즐긴다. 기타를 잘 다루며 흥이 많고 아프리카와 레게 음악을 사랑한다. 조용일과 친하게 지낸다는 건 밥 말리의 음악과도 친하게 지내야 한다는 뜻이다. 수준급 축구 실력과 체력을 바탕으로 함께 공을 차는 사람들이 선수 출신으로 착각하는 일이 잦다. 활동적이며 뜀박질을 좋아해서 남산을 자주 뛰어오른다. 숨이 차면 살아 있는 느낌이 든다고 한다.

용일이와 나는 비슷한 부분이 정말 많다. 주파수가 정말 잘 맞아서 비슷한 상황에서 비슷한 생각을 하고 비슷한 유머를 던진다. 성격이 비슷해서 겪는 어려움도 있지만 그 어려움 때문에 서로 멀어지기에는 많이 두터운 사이가 되었다. 그리고 나와 용일이 모두 억지로 하는 일은 남들보다 못 견디지만 뜻이 있는 일에는 온몸을 바칠 준비가 되어있다.

🍎 한창우 차장

대학교 같은 과 후배. 목원대학교 광고홍보언론학과. 김씨네과일에서 마케팅 업무를 담당하고 있다. 자로 잰 듯한 가르마로 머리를 뒤로 넘기거나 모자를 쓰고 출근한다. 수입 브랜드를 좋아하며 출근 때마다 처음 보는 것 같은 옷을 입고 있다. 김씨네과일에서 가장 많은 수의 옷을 갖고 있는 듯하다. 평상시에 굉장히 조용하지만 노는 자리를 만들어주면 먼저 나서는 특이한 스타일.

12년째 만난 첫사랑과 오는 가을 결혼을 앞두고 있는 이 시대 보기 드문 로맨티스트. 대한민국 특급 연예인 하하가 사회를 봐주기로 약속했지만 종교적인 문제로 고사했다. 대학교 재학 중 함께 근로 장학생으로 일한 적이 있다. 그곳에서는 창우가 선배였다. 교내 창업센터에 속해있는 바라커뮤니케이션이라는 공구 기반의 온라인 유통 업체에서 함께 일했다.

상품 발주 관리, 재고 관리, CS, 포장 등 전반적인 모든 기초 업무를 함께 터득했다. 충청도에서 온 쾌남. 쉽게 흥분하지 않는다. 위급한 상황에도 어조는 크게 달라지지 않는다. 문제가 생긴 경우에는 약간 어두워지는 낯빛과 함께 눈을 깜빡인다. 그럴 땐 정말 큰일이 났다는 뜻이다.

🍎 이수현 감독

김씨네과일 동계 과일근로자로서 2달 단기 근무로 들어왔지만 3월인 지금도 함께 일하고 있다. 영상 제작 능력을 갖고 있다. 스스로 정한 감독이라는 직책으로 불리고 있다. 미팅에서 명함을 선착순으로 한정 배부하는 등 MZ세대다운 창의적인 업무 스타일을 보여주고 있다. 굉장히 침착하고 조용한 듯 보이지만 속으로는 어떤 재밌는 생각을 하고 있는지 예측할 수 없는 캐릭터. 포커페이스 뒤에 통찰력을 갖고 있다. 최신 유행하는 아이템을 많이 갖고 있는 걸 보면 트렌드를 매우 잘 따르는 스타일인 듯 하다. 약속이 있는 금요일에는 단추가 많은 바지를 입는다. 해외에서 학교를 다닌 적이 있어 영어가 능숙하다.

🍎 이용찬 부장

프리랜서로 영상 작업을 하는 동갑내기. 사회에서 만난 친구. 2022년 4월, 함께 내 유튜브 채널을 만들어 보기로 한 뒤 김씨네과일 판매 첫날 당시도 영상 촬영을 위해 현장에 있다가 판매 인력 부족으로 함께 일을 돕게 되면서 당일 영상 촬영은 거의 아예 하지 못했다. 그 뒤로 영상 촬영 및 제작과 판매 및 운영 전반을 함께하며 2022년 김씨네과일의 여름을 함께 했지만 돌연 잠적하여 현재는 연락이 잘 닿지 않는다.

일하는 당시는 인간 엑셀로 불리며 20가지 과일, 5가지 사이즈로 100종류의 티셔츠를 머리로 외우며 판매 현장에서 재고 관리 등 3명 치의 일을 도맡아 했다. 칸예 웨스트를 좋아하고 언젠간 영화를 만드는 것이 꿈이라고 했다. 조용하고 점잖은 모습과 다르게 이상한 콘셉트의 영상 작업물을 곧잘 만들어냈다.

항상 검은 옷만 입고 다녔고 검정 과일티를 만들어 달라고 요청했지만 그 요청을 들어주기 전에 연락이 끊겼다. 이유는 정확히 모르지만 지금도 나와 용일이의 연락을 거의 받지 않는다. 본인은 적게 줘도 되니까 용일이 월급을 더 챙겨주라고 말하던 친구. 항상 나와 조용일 실장을 찍어주던 카메라 반대편의 인물. 어디서든 잘 지내길.

🍎 이정후 실장

자신의 인생을 찾아 멕시코에 갈 경비를 위해 바쁜 여름 인쇄 실장으로 투입되었던 조용일 실장의 군대 동기. 대한민국 곳곳에서 김씨네과일 팝업이 진행되는 동안 뜨거운 프레스기 앞을 지키며 묵묵히 재고를 생산했던 인물. 높은 지구력을 바탕으로 장시간 티셔츠 인쇄 작업을 했다. 우리가 다른 일정을 소화하는 동안 우간다의 아이들 선물용 티셔츠를 모두 인쇄해주었다.

🍎 권순현 특사

김씨네과일 전부터 내가 만든 티셔츠를 좋아

해준 한 사람으로서 배스킨라빈스 팝업에 놀러 왔을 때 잠시 일을 맡겼는데 일반인 이상의 붙임성을 갖고 있는 것을 느껴서 이후 판매 때 섭외를 했었다. 노래와 춤은 어느 장소에서든, 누구 앞에서든 가능했다. 예인으로서 세상에 태어났다고 생각이 들 만큼 빼어난 끼를 고루 갖고 있다. 상당한 엘리트로서 정치와 사회 문화 등에 깊은 관심과 이해를 갖고 있다. 조선시대에 태어났으면 방귀 좀 뀌는 양반이었거나 남사당패의 일원이었을 것으로 생각된다.

🍎 한수민 특사

다마스를 타고 1대1 개별 배송을 다니던 어느 날 새벽 이대 앞에서 처음 만났다. 그게 인연이 되어 종종 소통하였고 김씨네과일을 주제로 한 개인 작업물을 SNS를 통해 공유하였는데 특출난 끼가 느껴졌다. 이후 김씨네과일의 각종 디자인 작업에 일조하였다. 그중 여의도 더현대 팝업스토어에서 배포하였던 과일 전단지가 많은 사람들의 사랑을 받으며 수많은 브랜드의 레퍼런스로 사용되었다. 포토샵을 시작한 지는 1, 2년 남짓이지만 네이마르의 어린 시절을 보는 듯 잠재력이 느껴진다.

🍎 진휘민 명예실장

손님으로 왔다가 친구가 된 케이스. 파티시에를 준비하는 휘민이는 김씨네과일 판매가 있는 날에 줄곧 자기가 만든 빵이나 초콜릿을 선물로 들고 찾아왔다. 그리고 어느 날 판매 일을 도와주게 되었는데 묵묵하면서도 센스있게 일을 너무 잘 해낸다. 그래서 자주 일을 도와주게 되었는데 조만간 유럽으로 유학을 간다고 한다. 어느 곳에 있어도 인정받고 사랑받을 수 있는 사람.

🍎 김현섭 명예실장

광양 출신. 용일이의 고향 친구다. 묵묵하고 조용하지만 줄곧 손님들에게 유머를 건네는 따뜻한 친구. 일할 때 체력이 정말 좋고 아무리 피곤해도 손님과 동료를 대하는 태도가 바뀌지 않는다. 아무리 피곤해도 음악이 나오면 흥이 살아나는 스타일. 비보이 출신으로 박수만 쳐줘도 맨바닥에서 몸을 던질 줄 아는 진짜 멋있는 사람이다. 내가 아는 비보이 중 최고이다. 유일하게 내가 아는 비보이 친구.

149

150

151

153

성공

Part 3.

포기하지 않으면
되니까

01

아이디어에서
그치지 말자

극복

하는 것 말고 방법이 없었다.

인생은 다마스 운전처럼.

플리마켓을 끝낸 3일 뒤 다마스를 빌렸다. 한 달 40만 원. 이게 맞나 싶었다. 이런 큰돈을 이런 데에 쓰는 게 맞나. 렌트카 회사 직원이 직접 운전해서 다마스를 배달해줬다. 배달 오는 순간, 설레면서도 후회스러운 기분이 들었다. 수동 운전은 면허 딴 뒤로 처음인데. 차 문을 여는 순간 초등학생 때 맡았던 옛날 차의 냄새가 났다. 향수에 빠져 기분이 좋아졌다.

두근두근하면서 운전석에 앉아 시동 걸고, 사이드 브레이크 열고, 액셀을 밟기 위해 브레이크에서 발을 떼는 순간 차가 뒤로 밀렸다. 화들짝 놀라서 브레이크를 밟았다. 내리막이어서 그랬다. 내리막인지도 몰랐을 정도로 미세한 내리막이었다. 다마스는 그런 차였다. 미세한 내리막에서도 뒤로 밀리는 차.

침착하게 마음을 가다듬고 다시 브레이크에서 발을 떼고 액셀을 밟았다. 또다시 차가 뒤로 밀렸고 다시 놀란 채로 브레이크를 밟았다. 머릿속에 욕밖에 생각이 안 났다. 그렇게 점점 밀려 더 이상 물러날 공간이 없을 때까지 왔다. 땀이 흘렀다.

머릿속으로 비장하게 욕을 한마디하고 나 죽으리라 생각한 뒤 액셀을 깊게 밟았다. "왕! 와앙!" 하면서 차가 로켓처럼 발사됐다. 람보르기니 같은 배기음이 났다. 그렇게 한 블록을 돌아서 다시 작업실로 돌아왔다. 계속 욕밖에 머릿속에 생각이 안 났다. 후회가 머리를 감쌌다. 안 될 것 같다는 생각이 들었다. 그런데 어쩔 수 없었다.

하는 것 말고 방법이 없었다.

그렇게 다마스와의 모험을 시작했다. 신호를 받을 때마다 땀이 줄줄 흘렀다. 다시 출발을 할 때마다 뒤로 밀려서 잔뜩 긴장한 채 브레이크 밟기를 반복했는데 그럴 때마다 뒤의 차에 가까워져 박을 것만 같았고 그런 순간이 매일 반복됐다. 진짜 박기 직전의 직전인 것 같은데 그래도 박지는 않았다. 시동도 한 번 나가면 5번씩은 꺼트린 것 같다. 신기한 건 그렇게 운전을 하면서 운전 실력이 먼저 느는 게 아니라 비상등 누르는 속도가 늘더라. 비상등을 마스터하고 나니 실력이 서서히 늘었다.

사람들에게 DM으로 주소를 받아 깊은 밤이 지나 동이 틀 때까지 다마스를 타고 서울을 달렸다. 수원까지 달렸다. 돌아오는 길에 지나던 외제차와 멋진 청춘들이 가득한 저녁 압구정 거리가 눈에 선하다. 지금은 선글라스를 멋지게 쓰고 메시처럼 도로 위를 달린다. 처음에는 보조석에만 타던 용일이도 지금은 나서서 운전석에 앉는다. 마치 견주인 것처럼 다마스를 다룬다. 진짜 뭐든 하면 는다. 덜 고생하냐 더 고생하냐의 차이지, 안 늘 것 같은 것도 결국에는 늘게 돼 있다.

인생은 다마스 운전처럼.

만약 플리마켓을 마치고 자연스럽게 다른 프로젝트로 넘어갔다면 김씨네과일은 어땠을까? 김씨네과일에 놀러왔던 사람들은 그 시간에 다른 곳으로 놀러 갔을 것이고, 과일이 그려진 단체 티를 맞춰 입고 여행을 가진 않았을 것이고, 아프리카로 날아가 아이들이 내가 만든 티셔츠를 입은 모습을 보지 못했을 것이고, 김씨네과일을 통해 대리 만족을 느끼던 마케터 분들은 다른 곳에서 대리 만족을 느끼고 있었을 것이고, 같이 일하고 있는 용일이도 창우도 다른 곳에서 각자의 삶을 살고 있었겠지.

어떤 선택이 더 좋았을까에 대한 생각은 시간 낭비일 뿐이지만 내가 다마스를 빌리기로 선택했기 때문에, 고객을 찾아 전국을 다니기로 결심했기 때문에, 애들과 근로 계약서를 작성하기로 했기 때문에 수많은 웃음, 수많은 행복, 수많은 현금, 수많은 추억, 수많은 성공과 실패를 볼 수 있었다.

얼마 전 4년 동안 쓰던 을지로 작업실을 정리하고 왔다. 오래된 짐들 하나하나에 수많은 기억들이 묻어있었다. 잘못된 길에서 좌절하기도 했고, 길이 아닌 곳에서 헤매기도 했고 잠시나마 좋았던 길, 행복했던 길도 생각이 났다. 시간을 소중하게 쓰기도 낭비하기도 했지만 하나도 빠짐없이 지금의 나를 만든 흔적들이었다. 그치만 지금보다 나의 발버둥이 안쓰럽게 느껴진다.

몇십만 원 때문에 몇 달을 분해하던 시절.
실패한 일들이 더 마음에 남는다.

실패에서 더 많이 배웠나 보다.

축구선수들이 공을 쉽게 띄우고 받는 걸 보면 나도 할 수 있을 것 같다. 그런데 실제로 해보면 흉내조차 되지 않는다. "나도 하겠다"라는 말의 허점은 아직 하지 않았다는 것이다. 누군가가 실행할 동안 하지 않았다는 것이다. 해보지 않은 일을 평가하는 건 완벽한 시간 낭비다.

종합해보면 보통 '나도 하겠다'라고 생각되는 일은 그 사람이 이미 많은 노력을 통해 쉬워 보이게 했을 수도 있는 일을 나보다 빠르게 했다는 것이다. 그러니 그런 말을 할 시간에 차라리 행동으로 옮기자.

163

164

02

왜 티셔츠인가

이유

**티셔츠는 내 생각을 표출하는 창구이고,
창작욕을 해소하는 수단이고,
사람들과 소통하는 방법이다.**

티셔츠를 만드는 일에 대해서 가장 열심히 공부했던 시기는 군대에서였던 것 같다. 하루에 컴퓨터를 할 수 있는 시간은 많아야 평균 2시간 남짓이었지만, 시간이 한정돼있기 때문에 정말 간절하게 그 시간들을 이용했다. 훈련 등 불가피한 상황 외에는 규칙적으로 주어진 시간을 모두 활용했기 때문에 지금의 나에게는 정말 소중한 시간이라고 할 수 있다.

처음에는 인물이 들어간 티셔츠를 주로 만들었다. 내가 좋아하는 유명인을 랩티(Rap Tee)라고 불리는 형식으로 풀어내는 작업을 주로 했다. 그 뒤로는 인물과 그 인물을 상징할 수 있는 요소들을 구성해 티셔츠를 만들어냈다. 그 방식이 쭉 이어져서 정확히는 못 세지만 100가지 이상의 티셔츠를 만들었다. 내가 가진 돈의 50% 이상은 항상 티셔츠 제작에 들어갔다.

의류를 전공하지도 않았고, 섬유에 대해서도 아는 것이 거의 없다. 봉제에 관한 지식도 없다. 포토샵도 여전히 서툴다. 이런 내가 대체 왜 티셔츠 만드는 일을 포기하지 않는지 모르겠다. 하지만 이유는 몰라도, 무슨 일을 좋아하냐고 물어보면 티셔츠 만드는 일이다.

2016년 가을쯤, 뜬금없이 래퍼 자메즈에게 카톡이 왔다. 김흥국의 〈59년 왕십리〉를 샘플링해서 〈09년 왕십리〉라는 노래를 만드는 중이라고. 김흥국의 피처링을 받기로 했다고. 그래서 김흥국이 스튜디오에 올 때 내가 만든 59년 왕십리 티셔츠를 선물하기로 했다. 전역 후 복학했을 시기라 대전에서 지내는 중이었는데 주말에 고속버스를 타고 서울로 올라갔다.

처음 김흥국을 봤을 때 호쾌한 아저씨 느낌이었는데 녹음실 들어가서 시작하니까 진짜 프로는 프로였다. "으아—"를 두 귀로 직접 들었다. "으아—"보다는 "으—"에 가까웠다. 너무 신기하고 좋은 경험이었다. 같이 사진을 찍었는데 내가 너무 들뜬 티가 나게 나왔다. (그래서 그 사진은 진짜 싫어함) 내가 처음으로 만들었던 인물 티셔츠의 주인공을 실제로 만나정말 의미 있는 추억이 됐다.

티셔츠는 내 생각을 표출하는 창구이고, 창작욕을 해소하는 수단이고, 사람들과 소통하는 방법이다. 나에겐 취미인 동시에 일이고, 걷기나 달리기가 질리지 않는 것처럼 인생에서 질리지 않는 것이다. 더 이상 돈벌이가 안 돼서 다른 일을 하게 된다면 아마 취미로라도 계속할 것이다.

170

171

03.

히어로

힘

자존감이 떨어지는 일이 생길 때면
속으로 주문처럼 외웠다.
'나는 빈지노가 인정한 사람이야.'

나는 좋아하는 인물들을 소재로 티셔츠를 만든다. 그런데 좋아하는 마음이 큰 아티스트일수록 쉽게 작업을 해내지 못했다. 그중에 가장 대표적인 아티스트는 빈지노였다. 빈지노는 내가 가장 오랫동안 좋아해 온 아티스트다. 고등학생 때 우연히 친구 전자사전에서 재지팩트 앨범을 접한 뒤로 푹 빠져버렸다.

원래도 힙합 음악을 좋아했지만 빈지노의 음악은 힙합을 라이프 스타일로서 빠져들게 한 계기가 되었다. 빈지노가 2018년 2월에 전역한다는 소식을 접했다. 나는 문득 어떤 확신에 가득 찰 때가 있는데 1월쯤 이런 생각이 들었다. 제대로 한 번 관심을 끌어보자.

삶 전반에서 빈지노에게 영감을 얻어왔던 나에게 빈지노의 전역은 마치 예수의 부활처럼 느껴졌다. 그래서 나는 빈지노가 마이크와 펜을 갖고 부활하는 것을 콘셉트로 'The Resurrection of Beenzino'라는 타이틀의 티셔츠를 만들었다. 그리고 이 티셔츠를 친한 후배인 현우를 불러 특공대 콘셉트로 룩북 비슷한 것을 찍기로 마음먹었다.

태권도 용품 매장에 가서 산 어린이용 태권도 띠를 머리에 매고, 인터넷에서 산 각목을 들고, 쏘카를 빌려 학교 안에 잔디가 많은 곳으로 갔다. 최강의 흥을 장착하고 사진을 찍었다. 빈지노가 전역한 날이 되었고 빈지노의 인스타그램에는 전역한 부대 앞에서 여자친구인 미초바와 포옹하는 사진이 올라왔다.

심지어 나는 눈물을 흘렸다. 꼴값 그 자체였다. 예전의 내 모습도 떠오르고 여러 감정이 교차해서 그랬던 것 같다. 눈물을 닦고 후배와 찍은 사진을 게시했다. 힙합팬들을 포함한 젊은 친구들 사이에서 빈지노의 전역은 큰 이슈였기 때문에 우리가 올린 사진들의 반응도 좋았다.

그렇게 좋은 반응을 확인하고 다음 날 일어났는데 빈지노의 팔로우가 와 있었다.

드넓은 꽃밭을 보는 것 같은 화사한 기분이

들었다. 세상에나. DM으로 메시지를 보냈다. 티셔츠를 선물로 드리고 싶다고, 주소만 알려주시면 택배로 보내드리겠다고. 그러곤 들뜬 마음이 가라앉을 때쯤 밥을 먹고 있는데 DM 알림이 왔다. 빈지노였다.

"혹시 작업실이 있나요?"

메시지를 읽자마자 나는 결투에서 이긴 UFC 선수처럼 흥분에 가득 찬 모습으로 밥상을 중심으로 좁은 원룸방을 세 바퀴 정도를 돌았다. 빈지노가 군대에 갈 때쯤 문득 생각하길 앞으로도 쭉 열심히 티셔츠 만들어서 빈지노가 전역할 때쯤에는 빈지노를 만날 수 있는 사람이 되어야겠다고 생각했었는데, 정말 빈지노를 만날 수 있는 걸까?

빈지노를 만나기로 한 날, 작업실에서 조금씩 작업을 하면서 당시 만나고 있던 다빈이와 약속 시간을 기다렸다. 5시쯤 만나기로 했었는데 만나기로 한 시간이 다가오는데도 연락이 되지 않았다. 초조하게 휴대폰을 계속 봤다. 이때 내 모습은 선거 캠프

177

에서 선거 결과를 기다리는 국회의원과 같은 모습이었을 것이다.

　기다리다 잠이 들었다. 깨보니 약속한 시간이 지나 있었다. 결국 기대를 접고 택배로 보내줘야겠다 생각이 들었을 때쯤 답장이 왔다. 전날 촬영이 늦어져 방금 일어났는데 지금 가도 괜찮으면 오겠다고. 몇십 분 뒤 DM이 또 왔다. 내 작업실 근처 사진을 보내면서 주차를 물어봤다. 진짜 왔구나. 후다닥 내려갔다.

　어디 있나 하고 둘러보는데 저 멀리 '쾅'하고 차 문 닫는 소리가 들리고 건물들 불빛 앞으로 실루엣이 하나가 보였다. 길쭉하고 당당한 걸음걸이… 무대에서 보던 빈지노가 나를 만나러 왔다니. 긴장이 그렇게 될 수가 없었다. 잔뜩 굳어서 인사를 건네는데 빈지노는 목소리도 크고 우렁찼다. 작업실에 올라와서 준비해놨던 티셔츠들을 전달했다.

　전역 기념 티셔츠는 20만 원이 넘는 거금을 들여 구매한 고급 군용 나무함에 넣어 포장했고, 빈지노가 발리 여행에서 찍은 사진으로 만든 티셔츠는 여행지 느낌을 살려 라탄 바구니에 포장을 해서 전달했다. "기획력이 좋네"라는 칭찬을 받았다. 이 한마디의 칭찬은 지금도 가끔씩 떠올리면서 자신감을 고취시키곤 한다.

그날 생각보다 길게 대화를 나눴고, 형과 친구처럼 말을 놓았고, 빈지노 티셔츠에 사인을 받고, 빈지노의 차를 타고, 빈지노가 구워주는 삼겹살을 먹었다. 그것이 2018년 5월 5일이다. 성인이 되고 나서야 나는 내 생애 최고의 어린이 날을 맞았다.

빈지노를 만나기 전과 후는 알게 모르게 많이 달라졌다. 줄곧 자존감이 떨어지는 일이 생길 때면 속으로 주문처럼 외웠다. '나는 빈지노가 인정한 사람이야.' 히어로가 아이들에게 해주는 한마디가 얼마나 큰 의미일지 비로소 깨달았다.

기획력이 좋다는 그 한마디는 내가 어떤 일을 기획함에 있어서 항상 사기를 높여줬다. 내가 김씨네과일을 기획하기까지의 과정 속에서도 항상 팬티

속 부적처럼 나와 함께했다. 내가 인정하는 사람의 인정만큼 동기 부여가 되는 일은 많이 없을 것이다. 지금도 그 말은 여전히 팬티 속 부적이다.

무의식중에서도 그 칭찬의 힘을 많이 느껴서 나도 내가 인정하는 누군가에게 항상 내가 인정하는 부분에 대해 이야기한다. 너의 이러이러한 재능은 큰 잠재력을 갖고 있고, 그 능력을 통해서 분명 너는 훨씬 더 멋진 사람이 될 수 있다고. 실제로 내 주변 사람들의 어느 정도 잠재력을 볼 수 있게 됐다. 그리고 나는 알고 있다. 모두가 잠재력을 갖고 있고 그 잠재력은 무한하며 얼마나 자신이 그 잠재력을 믿고 키워나가는지에 따라 내가 어떤 사람이 될 수 있는지를 정할 수 있다고.

나는 대단한 사람은 없다고 믿는다. TV 속 유명한 사람도, 대단한 사업가들도 다 똑같은 사람이고 얼마나 나 자신을 믿고 노력했는지에 따라 인정받는 삶을 살고 있다고. 남들이 인정하는 삶 또한 멋지지만 나 스스로 인정하는 삶 자체만으로도 넘치도록 멋진 인생을 살 수 있다고 생각한다.

04.

실패는
나침반을
만드는 일

과정

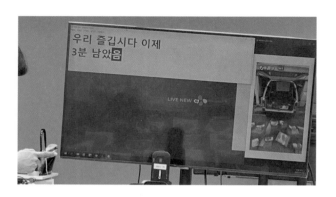

**성공은 지금을 위한 것이고
실패는 나중을 위한 것.**

성공이 요리라면 실패는 재료일 것이다. 성공이나 실패냐가 아니라 실패로 성공을 만든다. 기대하는 결과를 얻지 못했을 때 실패라 느끼게 되지만 경험으로 받아들이면 그건 성공의 재료가 될 수 있다.

실패 앞에서 좌절을 할 땐 모른다.
내가 그 실패에서 무엇을 배웠는지.

나중에 성공을 거두었을 때는 지난날의 실패가 어떤 역할을 했는지 알 수 있다. 김씨네과일은 100장 준비해서 판매했던 플리마켓에서부터 4,000장을 판매했던 CJ온스타일 라이브 커머스까지 다양한 규모의 일을 했고 그 과정에서 수많은 미팅과 각종 잡무들이 넘쳐났다. 그런데 처음 겪는 상황에도 생각보다 자연스럽게 일을 처리하는 내 모습을 보고 놀랐다.

대학생 때 온라인 유통 업체에서 일했던 시절부터 혼자 브랜드를 운영해오던 2019~2022년 동안의 일들이 놀랍도록 나를 다져놓았다. 물론 부족하다면 한참 부족했지만 걱정보다 더 잘 해내는 내 모습이 신기했다. 한 3년 전 헬스를 다니고 나서 축구 실력이 좋아졌던 것처럼 지난날의 업무들이 기초 체력이 되어서 새로운 일들에서도 필요한 근육을 쉽게 찾아서 사용했다.

헛되이 보낸 시간은 후회와 좌절한 시간 말고는 없었다. 혼자서 협업을 기획하고, 티셔츠를 디자인하고, 주문받아서 제작하고, 배송하고, CS업무를 하면서 보냈던 시간들이 오히려 그때보다 지금 빛을 발하는 느낌이었다.

어쩌면 성공은 지금을 위한 것이고 실패는 나중을 위한 것인가.

그렇게 생각하니 오히려 자신감이 생긴다. 성공은 좋은 것, 실패는 나쁜 것이라 여기며 살아왔는데 성공이 뭐가 그렇게 기쁠 일이며 실패가 뭐가 그렇게 나쁠 일인가. 어차피 인생은 죽기 전까지 다 과정이니 실패와 성공은 중간 평가일 뿐인데. 성공이 끝일 것처럼, 실패가 끝일 것처럼 목을 매는 것은 어리석지 않나. 내가 행하는 목적이 확실하다면 실패도 성공도 옳은 길이다.

책의 앞선 부분에서 이야기했지만 MBN Y포럼이라는 행사의 강연에서도 실패를 나침반을 만드는 일이라 비유한 적이 있다. 지난날 실패하며 좌절했던 경험이 지금의 내가 옳은 길로 갈 수 있도록 해준 나침반 역할을 했다고. 이건 내가 생각해도 멋진 말이다. 그런데 정말 맞는 말이다.

실패는 과정이고 성공이 결과라고 생각해보자. 내가 만약 어떤 일에 실패를 했다? 그럼 성공은 그다음에 있는 거다. 그런데 다음에 또 실패를 했다? 그럼 사실 그다음에 있던 것이다. 내가 멈추지 않는다면 결국 과정이니까. 계속 걸어 나가면 언젠간 원하는 곳에 도착할 것이다. 진정한 실패는 좌절이다. 로봇도 오류 나는데 사람이 항상 성공한다면 그건 문제가 있는 사람이다.

도전은 도전 자체로 의미 있다. 실패가 두려워서 도전을 못 하는 건 죽을까 봐 숨 쉬지 않는 것이다. 도전에 있어서 위험은 비빔밥의 참기름 같은 것이라고 생각한다. 성공을 더 감칠맛 나게 해준다.

새로운 곳에서 원고를 작성하고 싶어서 불현 듯 부산에 간 적이 있다. 그때 남포동에서 본 어떤 마트의 간판에 적힌 문구가 인상 깊었다. "최저가에 도전합니다!" 그 마트의 정문에는 '임대'라는 두 글자가 적혀있었다. 속으로 상상했다. '최저가에 도전하다가 망했을까?' 사장님께 직접 물어보지 않는 이상 무의미한 추측이었다. 문득 도전의 의미에 대해서 생각했다.

실패한 도전은 의미 없을까. 도전이라는 것 그 자체에 의미가 있을 것 같은데. 최저가에 도전한 사장님의 운영 철학을 인정하는 사람도 많았겠지. '도전은 용기의 결과이고 도전의 결과는 또 다른 용기다'라는 결론이 나왔다.

스포츠에서도 승패를 떠나 투지를 보여준 팀이나 선수는 박수를 받는다. 잘하는 선수를 보면 나도 잘하고 싶다는 생각이 들어 부럽고, 포기하지 않는 선수를 보면 나도 끝까지 해봐야겠다는 의지가 생긴다. 잘하는 것도 멋있지만 포기하지 않는 게 좀 더 내 취향인 것 같다.

　　잘해서 용기를 줄 수 있는 사람보다는 투지로 인정받는 사람이 되고 싶다. 스케이터들 영상을 보면 실패하는 모습이 자주 등장한다. 내가 얼마나 잘하는지보다, 내가 얼마나 실패를 신경 쓰지 않는지 보여주는 것처럼. 나도 누군가가 나를 떠올렸을 때 무언가를 잘하는 사람보다 실패를 두려워하지 않는 사람으로 봐줬으면 좋겠다. 그게 더 섹시하니까.

05.

자신감이 아니라
자부심

스스로

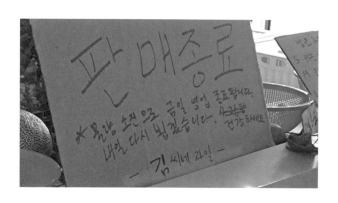

내가 최선을 다했다면
내가 나를 제일 응원해줘야 한다.

'이 정도면 되겠지'라는 생각으로 마치는 일이라면 높은 확률로 실패한다. '이렇게까지 해야 하나'라는 생각이 들 정도로 한다면 결과를 기대해볼 만하다. '이 정도면 되겠지'로 마무리하면 신기하게 사람들이 알아챈다. 고개는 끄덕이는데 마음은 안 움직이는 느낌이랄까.

김씨네과일 첫 장사 전날 도착한 빨간 바구니를 보면서 '이렇게까지 해야 했나…'라는 생각을 했던 순간이 떠오른다. 중간에 후회도 하고 힘들어서 신세 한탄도 하게 된다면 준비한 노력의 정도가 웬만큼 충분해졌다는 신호로 생각한다.

PT를 할 때도 '진짜 너무 하기 싫다. 내가 왜 이렇게까지 해야 하지?'라는 생각이 속으로 들 때 동시에 '오늘 운동 잘 되고 있구나'라는 생각을 한다. TV에서 가수 김종국이 운동을 하면서 행복하게 웃는 모습을 보고 충격을 먹었었는데 그 웃음이 어떤 의미인지 조금 알 것 같다.

내가 힘들다는 느낌을 받는 것이 일이 잘되고

있다는 증거인 것이다. PT 코치님이 들기 편한 무게로 많은 횟수 운동을 하기보다 가능한 선에서 높은 무게를 드는 것이 근육 발달에 도움을 준다고 하셨는데 인생도 그렇게 생각하기로 했다. 가능한 높은 무게를 견디는 게 인간으로서의 성장에 도움을 줄 것이라고.

자부심.
내가 좋아서 하는 일에서 평가 기준은 '내가 만족하느냐'다.

'내가 만든 것이 누구보다 나아'라는 생각은 하지 않지만 내가 만든 걸 누구도 무시할 수 없다는 생각은 단 한 번도 하지 않은 적이 없다. 자신감은 없을 때도 있지만 자부심은 내 뼈나 마찬가지다. 좋아하는 일인 만큼 진심을 다해 노력하고 내 기준에서 진심을 다했다고 판단하는 일이라면 심지어 결과가 따라오지 않을지언정 기죽지 않는다. 난 내가 할 수 있는 최고를 보여줬고, 그 결과는 만족 여부를 떠나 받아 마땅하다.

'진인사대천명'이라는 말을 정말 좋아하는데 내가 할 수 있는 최선을 다한 뒤에 따라오는 결과는 하늘의 몫이고 그 결과의 크기와 상관없이 겸허히 받아들이거나 당당히 마주할 수 있어야 한다고 생각한다. 사필귀정이라고. 모든 일은 돼야 할 대로 되게 돼 있다. 이 말이 맞는 말일 수도, 아닌 말일 수도 있지만 내가 필사적으로 믿는 말이다.

내가 준비하는 일에 자신감을 불어 넣을 때, 내 예상대로 되지 않은 일 앞에 흔들리지 않으려 할 때 속으로 중얼중얼 되뇐다. 결과는 받아들이라고 오는 것이니까. 내가 하는 일에 최선을 다했다면 어떻게 결과에 슬퍼할 수 있을까. 나에게 미안한 짓이다.

내가 할 만큼 했다? 그럼 끝이다. 결과는 하늘의 몫이고 그 결과에 대한 평가는 내가 한다. 좋아하는 일을 하는 사람, 바라는 일을 하는 모든 사람이 어떤 결과에도 흔들리지 않기를 바란다. 얼마나 열심히 했는지는 본인이 제일 잘 아니까.

내가 최선을 다했다면 내가 나를 제일 응원해 줘야 한다.

생각보다 잘된 일에는 누구보다 기뻐해주고 생각보다 안 된 일에는 누구보다 힘을 불어넣어 줘야 한다. 좋아하는 일을 한다면 솔직히 그걸로 됐다. 열심히 해서 최선으로 얻은 결과라면 내 자식처럼 예뻐해줘라. 나처럼 평생 사차원 소리 들으면서 어딜 가도 부모님 걱정 시킨 사람도 이렇게 글을 쓰고 있다. 지금 당신이 얻게 된 결과가 당장 실망스러울지 몰라도 당신만 믿어준다면 언제라도 든든한 자식이 되어줄 것이다.

"나 똑똑해"라고 말하는 사람보다 "난 똑똑하지 않아"라고 말하는 사람이 더 똑똑할 확률이 높다. 무언가를 안다는 것 자체가 내가 그것에 대해 얼마나 모르는지를 알아가는 것인 것처럼 어쩌면 나 자신이 부족하다고 느끼는 만큼 잘하고 있는지도 모른다. 디자인이나 경영에 대해서 제대로 배운 적도 없어서 부족함을 매일 느끼지만 어떻게든 1년 넘게 김씨네과일이 버틸 수 있었던 건 부족하다는 사실을

195

스스로 계속 인정해왔기 때문일 것이다.

내가 부족해서 배운 것들, 실패하면서 배운 것들이 나를 예전보다 덜 부족한 사람으로 만들어 줬다. 그래서 나는 여전히 충분한 사람이 아니지만 그래도 예전보다는 덜 부족한 사람이다. 같이 일하는 동생들이 생기면서, 그 동생들과 근로 계약을 하면서 겪은 어려움이 만만찮다. 매번 퇴근할 때마다 '난 참 리더십이 없는 사람이구나'라는 생각에 고뇌한다. 그래도 긍정적으로 생각한다면 내가 리더십이 없다는 걸 알고 있다는 것으로 다행이고, 그렇기 때문에 어제보다는 더 나아질 수 있다는 점에서 다행이다.

부족함은 누구나 갖고 있다. 부족함이 있어서 사람이고 부족함 덕분에 우리가 어울려 사는 거 아닌가. 부족함을 너무 감추려 하지 말고 내가 키우는 예쁜 강아지라고 생각하고 오히려 더 드러내고 돌봐줬음 좋겠다. 부족함도 사랑받을 수 있다. 오히려 부족해서 사랑받는 존재다.

06

기회와 위기가
정해져 있지 않다

행동

일에 있어서
분석은 필요하지만
고민은 필요 없다.

내가 써보고 들어본 브랜드들에서 하루에 몇 통씩 협업 문의 메일이 왔다. 가전, 자동차, 의류, 식품 가리지 않고 연락이 왔다. 과일 티셔츠가 가지고 있는 포맷이 여러 방식으로 응용 가능한 점이 큰 강점이 되었던 것 같다. 이렇게 쏟아지는 기회들은 마치 지난 몇 년간 받지 못했던, 내가 하는 일에 대한 인정이 한 번에 몰려오는 기분 좋은 소나기 같았다.

나는 그 기회들을 놓치고 싶지 않아서 잠을 줄이고, 휴식을 포기하면서 최대한 많은 일을 잡으려 했다. 물론 우리가 가고자 하는 방향에 한해서만 그랬다. 한창 일이 바빠지기 시작한 6월, 7월쯤에는 내가 글을 못 읽었다. 간판 같은 건 문제 없었지만 긴 글, 특히 계약서 한 줄을 집중하기가 힘들었다.

계약 한 줄 한 줄이 나의 하루 이틀을 떠나 한 달, 두 달, 반년에 걸쳐 영향을 미칠 수 있다는 걸 깨달았다. 일이 들어올 때는 몰랐지만 수많은 협업을 거치고 나니 나에게 연락이 오는 것까지는 기회가 맞지만, 어떤 계약을 맺고 어떻게 일을 진행하는지에 따라 결과가 달랐다.

그걸 몰랐던 나는 내가 좋아하는 브랜드거나 누구나 인정할 만한 규모의 브랜드라면 무조건 기회라고 판단했었다. 경험을 통해 성장했기 때문에 후회는 없지만 왜 그땐 몰랐을까 하는 의미 없는 생각을 하곤 한다. 어떤 브랜드랑 일을 하든 간에 그들과 친구가 되는 게 아닌 서로 이용하는 관계를 갖는 약속을 하는 것일 뿐인데 내가 너무 낭만적이었나 하는 생각이 든다.

좋아하는 브랜드였지만 협업 이후 더 이상 소비하지 않는 브랜드가 하나 있다. 그들이 잘못해서가 아니라 내가 똑똑하지 못했고 이성적이고 효과적인 결정을 내릴 능력이 지금보다도 부족했기 때문이다. 직원 수가 몇 천배 차이 나는 기업 앞에서 작아질 수밖에 없던 나는 상황을 필요 이상으로 낙관적으로 판단해가면서 협업을 이어가려 했다.

혹시 누군가가 규모에 의한 차이로 계약에서 스스로 우위를 내주려 한다든가, 결정권을 스스로 넘겨준다거나 하는 짓은 절대 하지 말고 끝까지 내가 지켜야 할 권리를 손에서 놓지 않았으면 한다. 그리고 난 몇 년간 일을 하면서 어떤 기회를 잡고 싶은 욕심에 내 가치를 낮춘 적이 많다. 지금 그 당시를 생각하면 나 자신에게 미안한 감정이 가장 크게 든다.

나를 가장 인정해 줄 수 있는 건 난데 그러지 않았으니까.

어찌 됐든 기회라는 건 찾아왔을 때나 기회지, 어떻게 내가 끌고 가는지에 따라 나에게 마이너스가 될 수도 있는 거다. 그러니 잡은 기회도 계속 살펴보고 놓친 기회는 후회하지 말자. 기회가 아니었을 거다.

'전화위복'은 참 멋진 말이다. 공감이 정말 많이 돼서 어려운 상황에서 힘이 된다. 오히려 위기라고 판단해서 고도의 집중력이 만들어져 기회 이상의 기회로 만들어버리기도 하고, 지레 겁먹었다가 사실 별 위기가 아니었다는 걸 깨달았던 적도 있다. 중요한 핵심은 내가 어떻게 하냐에 달렸다는 얘기다. 위기라는 것은 어쩌면 기회의 또 다른 이름일 수도 있다.

더 난이도가 높기 때문에 이뤄 냈을 때 더 큰 성과를 얻을 수 있는 기회. 축구에서도 후반 추가 시간에 실점 기회를 막아내고 역습에 성공해 극적인 승리를 얻는 장면을 얻어내는 경우가 많다. 자랑이지만 '내가 직접 봤던' 2022년 카타르 월드컵에서의 포르투갈전 승리가 그런 경우 중 하나다.

어쩌면 이런 것들 전부 끝까지 포기하지 않기 위한 마인드 컨트롤일지 모른다. 그렇게 해서 우리가 무언가를 이뤄낼 수 있다면 그러지 않을 이유는 없지. 결국은 모든 일이 내가 어떻게 하느냐에 따라 달렸다. 내 역할을 다한 이상 결과를 받아들임으로써 내 노력을 스스로 인정해주고, 그 경험을 발판 삼아 또다시 살아가는 게 인생이다.

많은 성공을 했다는 것은 많은 실패를 했다는 것이니까, 많은 실패라는 건 곧 찾아올 성공의 신호다. 원하는 게 있다면 이룰 때까지 계속하는 것 말고는 생각해야 할 것이 없다. 일에 있어서 분석은 필요하지만 고민은 필요 없다.

모든 일에 완벽한 컨디션이 있을까? 항상 바람 부는 방향에 맞춰 걷는다면 목적지에 도착하지 못한다. 내가 흔들리면 모든 게 흔들리는 것이니까 마음이 흔들릴수록 더 자신을 가지고 집중하는 정신이 필요하다. 떨어지는 포탄 속에서도 돌격하는 정신을 가진 것이 인간이다.

기회는 사람이 위기에 빠진 것도 모를 정도로 무감각하게 만들기도 하고, 위기는 상황을 더 멋있게 꾸며주는 극적 요소의 역할을 해주기도 한다. 그러니 우리는 원하는 것에만 집중하고 기회냐 위기냐 상관없이 내 본분을 다하자.

07.

결국에는 되는구나

희망

당연히 된다고 했다.
그러고 나서 방법을 떠올렸다.

김씨네과일의 2023년 전국투어를 마치고 돌아온 일요일 밤 DM 창을 열었는데 찬희라는 친구에게 연락이 왔다. 바밍타이거라는 팀 소속이고 사진, 영상 작업을 주로 하는 친구인데 에이셉라키가 오는 수요일 한국에서 뮤비 촬영 예정이고 사람들을 모아서 군중씬을 찍는다고. 참여 의사를 물었는데 나는 당연히 오케이였고 혹시 내가 티셔츠를 제작해서 활용할 수 있는 방법이 있을지 물었다.

문제가 있었다. 흰색 무지티에 통 큰 청바지, 클래식한 신발이 룰이었다. 어찌 됐든 오케이였다. 내가 오랫동안 좋아한 세계적인 아티스트 뮤비에 참여할 수 있는 기회였다. 그래도 아쉬웠다. 이렇게 오기 어려운 기회를 내가 조금이라도 살릴 수는 없을까? 참여하기로 결정된 게 월요일이었고 수요일까지 남은 시간은 얼마 없었다.

작년 울산 팝업이 떠올랐다. 장소가 힙합 클럽이었기 때문에 빅사이즈 청바지를 소품으로 준비해서 입었었다. 김씨네과일 마네킹에 입혀져 있던 그 청바지를 오랜만에 다시 입어 보니 어느 정도 느낌은 나왔다. 그런데 어떻게 하면 내 능력을 활용할 수 있을까.

아, 청바지에 인쇄를 해야겠다.

바지라는 곳에 기존 그래픽 작업 스타일을 응용하기에는 어려울 것 같고 온라인에서 이슈가 되고 있던 프랑스 뮤비 촬영 장면이 떠올랐다. 왜냐면 라키가 정말 즐겁게 열심히 뛰고 있었으니까. 그 장면 속 라키를 패턴처럼 인쇄하기로 결정했다.

워낙 통도 크고 긴 바지였기 때문에 한 면을 라키 이미지로 전체적으로 덮기 위해서 최소 4번을 나눠 인쇄해야 했다. 뒷면까지 최소 8번의 인쇄가 필요했다. 패턴의 간격 등을 조절하기 위해서도 시간이 필요했고 한 장의 바지를 위해 한 번의 실수도 용납이 안 됐기 때문에 신중에 신중을 가했다. 그렇게 인쇄 작업은 약품 전처리 과정까지 4시간을 넘겼다. 작업의 마지막 순간 고민이 드는 게 있었다. 청바지의 지퍼 부분에 '에이쎕라키'라는 한글을 인쇄할까, 말까. 너무 과하진 않을까 걱정이었다. 그래도 여긴 한국이니까.

이곳에서만 보여줄 수 있는 걸 보여주자.

그렇게 전면에 '에이쎕라키'를 인쇄해서 촬영 장소로 갔다. 흰 티셔츠에 청바지를 입은 수십 명의 사람들이 모였다. 생각보다 긴 기다림을 지나 라키가 벤츠에서 내렸다. 죽여줬다. 영화배우 같았다. 나와 같은 팬들이 같이 환호했다.

뛰고 대기하고 뛰고 대기하는 게 반복되던 어느 순간, 라키와 함께 온 팀원들이 내 바지를 봤다. 재밌어하면서 내 바지를 사진으로 찍었다. 나는 가볍게 포즈를 취했다. 그러고 촬영을 10분쯤 더 한 시점이었을까. 팀원들이 라키를 불러와서 내 바지를 가리켰다. 이때다 싶은 그 순간 라키에게 걸어가 주머니에서 유성매직을 꺼냈다. 나에게 사인 요청을 받은 라키가 내 손에서 펜을 가져갔다. 위치를 어느 정도 같이 잡은 뒤에 한 획, 한 획 내 청바지에 사인을 했다.

어지러웠다. 꿈 같았다.

촬영 장소에 있던 팬들과 촬영 스탭들이 나와 라키를 둘러싸고 있었다. 나는 환호했다. 친구들과 하던 '힙합 악수'를 라키와 했다. 뭐라고 했는지, 뭐라고 들었는지 아무것도 기억이 나지 않는다. 사인을 받고 나서 바닥에 누웠다. 몸에 긴장이 풀리고 비현실적인 기분이 몽롱했다.

뭔가를 해냈다는 기쁨에 실없이 웃음이 나왔다. 마음이 가벼웠다. 촬영은 이어졌고 열심히 뛰었다. 아주 기분 좋게 뛰었다. 촬영 내내 내 앞이나 옆을 보면 라키가 있었다. 정말로 대박이었다. 다 같이 걸어서 촬영 장소를 이동하던 중에 바로 옆에 라키가 있었고 같이 촬영에 참여하던 다른 친구들이 나를 가리키며 라키에게 환호했다.

그 순간 라키가 어깨동무를 하며 나에게 말을 걸었다. 자기가 금요일에 한국을 떠나는데 혹시 그 전에 청바지를 만들어 줄 수 있냐고. 당연히 된다고 했다. 그러고 나서 방법을 떠올렸다.

대화가 끝나자마자 휴대폰으로 쿠팡을 켰다.

그 바지는 쿠팡에서 산 바지였다. 34 사이즈를 제외한 모든 사이즈가 품절이었다. '혹시 실패할지 모르니까 3장 정도 구매해야겠다.' 하지만 남은 재고가 딱 1장이라 주문이 불가능했다. 결국 단 1장을 새벽 배송으로 주문했다. 그러고 나서 어떻게 전달을 할 수 있는지 생각을 해봤다. 내가 나서서 방법을 찾지 않는 이상은 흐지부지될 것 같았다.

고민하다가 라키 보디가드에게 다가갔다. 마이클 조던을 닮은 보디가드는 덩치가 무척이나 좋았다. 라키에게 청바지를 전달하기로 했는데 어떻게 하면 되는지 물어봤다. 무심하게 나에게 번호를 알려주고 자리를 떠났다. 그러고 보니 라키가 입는 청바지 사이즈도 몰랐다. 조심스럽게 라키에게 다가갔다. 다행히 내가 아까 라키와 이야기 나누는 모습을 봤어서 그런지 막아서는 사람은 없었다.

라키에게 아주 조심스럽게 사이즈를 물어봤다. 천만다행으로 34를 입는다고 답했다. 신이 도왔다. 그리고 라키와 같은 그룹의 다른 멤버 번호를 전달받았다. 그렇게 늦은 밤 촬영을 마치고 작업실로 돌아가 작업을 시작했다. 티셔츠를 만드는 게 내 일이었기 때문에 청바지에 썼던 그래픽을 이용해서 티셔츠를 만들었다. 내가 입을 것과 선물용 2장, 총 3장을 만들었다. 라키의 상의 사이즈는 물어보지 못했기 때문에 L 사이즈와 XL 사이즈를 각 하나씩 만들었다.

　　작업실에서 쪽잠을 자고 새벽 배송 받은 청바지 작업을 시작했다. 신중에 신중에 신중에 신중을 기했다. 내 인생에서 두 번 없을 기회. 목요일 동안 계속해서 에이셉 쪽과 메시지를 나눴다. 밤에 호텔로 돌아가는 시점에 연락을 주기로 했고 10시쯤 돌아가는 중이라는 연락을 받았다. 시간 맞춰 택시 타고 출발해서 로비에서 기다렸다. Gab이라는 친구가 나를 데리러 왔다.

　　같이 22층으로 올라갔고 기다란 복도를 지나는 동안 문은 없었다. 마이클 조던 닮은 보디가드 형이 지키고 있는 끝에 단 하나의 문이 있었다. 굉장히 넓고 고급스러운 공간이었다. 라키와 함께 온 팀원들이 여유롭게 쉬고 있었다. 어느 순간 멀리서 익숙한 목소리가 들려왔다. 11시가 넘은 멋진 호텔방에서 묵직한 또각 소리를 내는 구두를 신은 라키가 보였다. 늦은 시간, 호텔 안이었지만 여전히 멋있는 옷들을 입고 있었다. 라키가 나를 보고 고개를 까딱 올리며 인사했다.

잔뜩 긴장했지만 나도 고개를 까닥 올리며 인사를 했다. 나에게 다가와서 손을 내밀고 서로 어깨를 부딪치며 인사했다. "How you doin'? Chilln?" 세상에나. 영화 속 영화배우와 함께 있는 것만 같았다. 바지랑 티셔츠를 건네면서 이야기했다.

옷 준비하느라고 뮤비 촬영하고 나서 집에 못들어갔다고. 나더러 "나도 뭔지 안다"고 답했다. 팬으로서의 마음을 이해한다는 뜻이 아니라 기회를 잡기 위해 노력을 해본 사람으로서의 마음을 이해한다는 것처럼 느껴졌다. 새벽 12시를 넘기고 피곤에 잔뜩 지친 모습이었지만 계속해서 좋은 이야기를 해줬다. 정말 잘 만들었다고. 내일 일본에 가서 입을 거라고.

　　　내가 그 호텔에서 머문 몇 시간은 내 인생에서 정말 짧은 순간이었지만 10년 전 티셔츠를 만들기 시작한 시기부터 하루 종일 에이셉라키의 음악을 듣고 뮤비를 보고 옷차림까지 따라할 정도로 팬이었던 나의 지난 시간을 축하할 수 있게 만들고 앞으로의 나에게 자신감과 희망을 계속해서 가져다줄 너무도 의미 있는 순간이었다. 그리고 일본에 간 그날, 라키는 정말 내 티셔츠를 입었고 다음 날 에이셉라키가 한글로 적힌 청바지를 입고 뮤비를 촬영했다.

　　　세계적인 패션 아이콘인 에이셉라키가 내가 만든, 심지어 한글이 적힌 옷을 입었다. 더 이상 어느 누구의 인정도 필요 없어졌다. 드디어 한국에서 아티스트들과 기획사에게서 받았던 상처를 잊고 자부심 넘치고 행복한 내가 되었다.

　　　강원도 태백에서 나고 자란 내가 할렘에서 나고 자란 세계 최고의 아티스트이자 나의 오랜 동경의 대상이었던 에이셉라키를 직접 만날 수 있는 확

률은 얼마나 될까? SNS를 통해 내가 만든 청바지를 입고 있는 라키의 사진을 처음 보는 순간, 속으로 말했다. '결국에는 되는구나.' 11년째 내가 좋아하는 일을 하면서 노력하면 언젠간 된다는 말을 도저히 믿을 수가 없었는데, 정말 되긴 되는구나. 그렇게 나의 오랜 노력과 기다림은 미래의 내가 품을 희망이 되었다.

08.

꿈

계속

누가 알아주든 말든 무던히
내가 할 일을 했고
그 당시에 아무것도 모르고
몸으로 부딪쳤던 일들이
지금에서야 큰 힘이 되는 걸 느낀다.

살아가면서 생각은 항상 바뀐다. 어쩌면 지금 내가 가진 생각들을 나중에는 내가 비웃게 될지 모른다. 하지만 지금의 내가 삶의 목적과 일의 목적에 대한 이야기를 누군가에게 한다면 다른 것도 말고 과정만 바라보라고 말할 것이다.

삶은 태어나는 것을 시작으로 죽음이라는 결과를 맞기까지 과정 속에 존재한다. 마찬가지로 일도 시작부터 '성공이냐, 실패냐'라는 객관적 혹은 주관적인 평가를 내리기까지 과정이라는 단계에서 존재한다. 이렇게 생각하면 우리는 과정을 위한 존재다.

결과라는 건 과정과 과정 사이의 찰나에 불과하다. 인생을 한 문장으로 치면 죽음은 마침표처럼 끝났는지에 대한 확인을 위한 것이고 마찬가지로 일의 결과라는 것은 다음 일로 넘어가기 전 잠깐 가지는 피드백인 것이다.

나는 지금껏 오기로 버텨왔다. 언젠간 많은 사람들이 내 티셔츠를 입는 날이 올 거라 생각하면서. '많이'의 기준을 딱히 잡아 놓진 않았지만 작년 여름에서 가을로 넘어갈 쯤 길을 가면 내가 만든 티셔츠를 입은 사람들을 하루에 여러 번도 마주쳤고 흐릿하게 잡아놨던 '많이'라는 기준에 도달했다고 느꼈다. 그런데 많이 입게 돼서 기쁜 건 맞는데 기쁨은 금방 지나갔다.

물론 기뻤던 만큼의 감사함은 계속해서 마음속에 있는데 기쁨은 바람이 잠깐 스치듯 지나가 버렸다. 돈도 많이 벌었다. 2022년 초 다짐했었다. '나는 올해 1억 벌 거야.' 이건 2020년보다 많이 줄어버린 2021년 매출 약 3천만 원 브랜드의 오기였다. 2022년 김씨네과일로 만들어낸 매출은 1억의 몇 배였다.

억이라는 건 어렸을 때부터 꿈같은 글자였다. 그냥 엄청 많은 돈을 표현할 때 쓰던 단위였으니까. 억이 없다가 있게 된 사람으로서 처음 마주한 그 숫자는 그냥 숫자였다. 1억을 당장 쓴다고 해도 못 사는 것들이 얼마나 많은지 생생하게 느꼈다. 서울에서 집도 못 사는 억이 내가 생각하던 억이 맞나.

부피가 커진 일에 들어가는 유지비를 생각하면 달라진 건 약간의 자신감 정도. 삶의 티끌 정도가 바뀌는 돈이 억이었다. '어쩌면 돈으로 삶을 바꿀 수 없겠다'라는 생각이 들었다. 어마어마한 양의 돈이라면 다를지 모르겠지만 일단 몇 억으로는 삶의 새끼손톱 정도 바꿀 수 있는 것 같다. 물론 네일을 얘기하는 것은 아니다. 그런데 대체 이런 돈 따위가 뭐라고 내가 동기 부여로 삼아왔는지 허탈함이 생겨났다.

내가 만든 티셔츠를 많은 사람들이 입는 모습. 이것도 내가 꿈꿔왔던 일로서 성취의 일부지만 이것에 대한 감사함과 기쁨으로는 하루에 필요한 수면량을 대체할 수도, 직원들 월급으로 낼 수도 없었다. 그저 살아가야 하는 것이 내가 해야 하는 일이었다. 그래서 나는 지금 생존 본능처럼 과정에 집중하고 있다. 문장 사이의 마침표 같은 결과에 집중하기보다는 내가 정말 살아있는 순간인 과정에 집중한다.

다이어트, 금연 계획에서 100% 실패하는 마

법의 문장이 있다. "내일부터 해야지." 내일이라는 것은 절대 오지 않는다. 오늘의 다음 날은 오늘이니까. 오늘 바뀌지 않으면 바뀌지 않는다.

김씨네과일이 있기 전 내가 운영하던 '파도타기'라는 티셔츠 브랜드는 1인 브랜드였다. 디자인, 홍보, 생산, 배송, CS, 모델, 세무 관리 등 내 브랜드 안에서 일어나는 모든 일을 혼자서 했다. 지금 돌아보면 어떻게 그렇게 혼자서 많은 일을 해왔는지 모르겠다. 누가 시켜서 하면 절대 못 했을 일인데 내가 하고 싶어서 했다. 힘이 들었지만 힘이 드는 건 중요한 게 아니었다.

내가 내 꿈의 방향으로 나아가는 게 더 중요했다.

그렇게 누가 알아주든 말든 무던히 내가 할 일을 했고 그 당시에 아무것도 모르고 몸으로 부딪쳤던 일들이 지금에서야 큰 힘이 되는 걸 느낀다. 소위 성공한 사람들은 지난날의 실패를 무용담처럼 늘어놓는다. 지금 실패한 것도 나중의 내가 성공하면 무용담이 되겠지.

결국 지쳐서 포기하면 포기한 이야기이고, 성공할 때까지 버틴다면 시련을 이겨낸 이야기이다. 예기치 못한 실패 앞에서는 모든 것이 끝나버린 것만 같은 기분에 휩싸이기도 한다. 하지만 각종 실패와 고난 속에서도 지치지만 않으면 무용담을 쓰는 중인 거다.

꿈을 말할 때 떠오르는 사람이 있다. '뉴진스 할배'라는 이름으로 더욱 유명해진 피카츄 아저씨다. 이태원 지구촌 축제에서 처음 봤다. 버스킹을 하고 계셨는데 뉴진스의 〈Hype boy〉를 부르는 모습에 강한 인상을 받았다. 의외의 가녀린 창법, 거칠면서도 부드러운 춤선, 그리고 피카츄 아저씨가 가진 전체적인 빈티지한 색감에 묘한 조화로움이 있었다.

피카츄 아저씨는 경기도에서 배달 일을 하셨다. 쉬는 날 신촌, 홍대 등을 돌며 버스킹을 하시는 듯했다. 어릴 적 통역관을 했다고 하시는데 일본어 솜씨가 뛰어났다. 풍부한 지식을 갖고 계셨고 우리를 만나기 전에 김씨네과일에 대한 사전 조사를 철저히 마치고 오셔서 우리가 어떤 브랜드인지에 대해서도 잘 이해하고 계셨다.

2022년 10월 우리가 기획한 파티에 피카츄 아저씨를 섭외하여 공연을 진행했는데 정말 행복한 표정으로 공연을 하셨다. 게릴라 공연이 아닌 예고된 공연이었고, 이미 피카츄 아저씨에 대한 관심을 가지고 모인 사람들의 반응은 뜨거웠다. 섭외비에 대해서는 한사코 거절하셨다. 다음에 좋은 기회가 될 때 달라고.

좋은 사람이라 할 수 있는 일이라기보다는 자신이 정말 좋아하는 일을 하는 사람으로서의 모습이었다. 아름다웠다. 본업 스케줄을 하루 빼면서 경기도에서 서울까지 찾아오시느라 힘드셨을 텐데 다음이라는 약속을 남기고 이태원으로 2차 버스킹을 떠나셨다.

성공한 인생이 대체 무엇인가. 넘치게 돈이 많아서 여유로운 삶을 사는 게 성공한 인생인가, 바쁜 와중에도 도시를 넘나들고 시간을 쪼개가면서 몰입할 만큼 좋아하는 일을 하는 삶이 성공한 인생인가. 나는 피카츄 아저씨처럼 살고 싶다. 내가 피곤한 것도, 힘든 것도 잊게 만들 만큼 좋아하는 일을 가진 사람. 피카츄 아저씨처럼 인생을 살고 싶다.

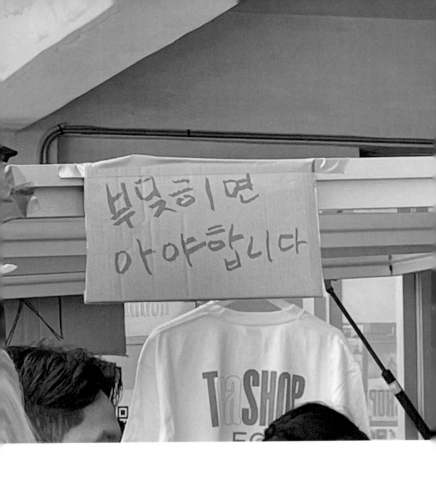

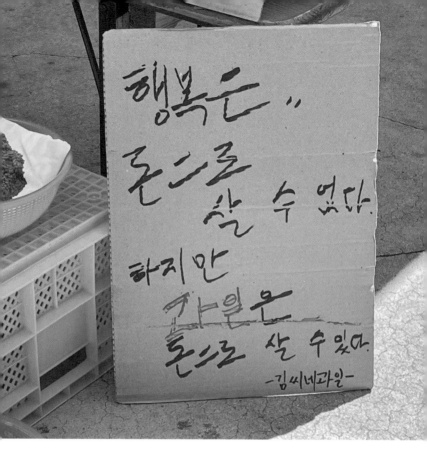

227

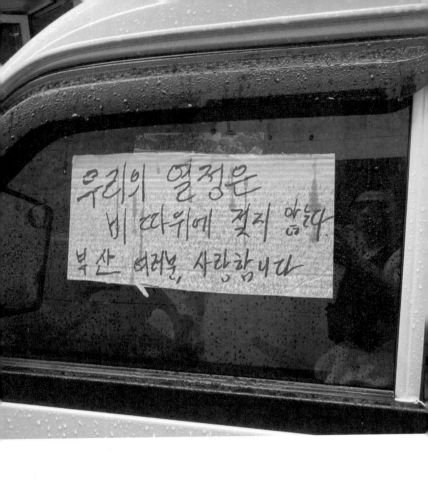

건강하시고 행복
하세요.

229

Interview

Q. 어떤 분들에게 이 책을 추천하고 싶으신가요?

**열심히 사는 사람들, 열심히 살고 싶은 사람들,
잘하고 있으면서도 불안한 사람들.
아무리 열심히 하더라도 내가 잘하고 있는지 불
안할 때가 있습니다. 그런 순간에 어딘가에서 여
러분과 똑같은 입장에서 열심히 발버둥 치고 있
는 제가 있다는 걸 생각하시고 함께 힘냅시다.**

Q. 이 책에서 가장 아끼는 문장을 꼽는다면요?

**성공은 지금을 위한 것이고 실패는 나중을 위한
것이다.**

Q. 작업하는 과정에서 가장 고민했던 지점은 무엇일까요?

과연 내가 사람들에게 좋은 영향을 줄 수 있을까? 책은 대단한 사람이 쓰는 건 줄 알았습니다. 그런데 이렇게 제가 책을 쓰고 있는 걸 보면 세상에 대단하지 않은 사람은 없나 봅니다. 제가 이렇게 대단한데 여러분은 또 얼마나 대단한 사람일까요.

Q. 이 책에서 못다 한 이야기가 있을까요?

저희 어머니께서는 제가 고등학생 때 "도영이는 대박 아니면 쪽박이다"라는 말을 하셨습니다. 스스로 의심한 순간도 많지만 저는 단 한 번도 제가 쪽박일 거라는 생각을 한 적이 없습니다. 어떤 순간에서도 나를 가장 믿어줘야 하는 사람은 나 자신입니다. 어떤 순간에서도 나 자신에 대한 믿음을 잃어버리지 마세요. 여러분은 어떤 것도 해낼 수 있고, 어떤 것도 극복할 수 있는 사람입니다.

Q. 이 책으로 작가님을 처음 알게 된 독자에게 해주고
싶은 이야기가 있다면요?

어렸을 적 외식을 하고 나면 아버지와 함께 꼭
들르는 곳이 서점이었습니다. 그때부터 책은 제
친구였습니다. 제가 누군가에게 그런 친구가 될
수도 있다고 생각하니 가슴이 콩닥콩닥합니다.
책을 통해 저를 알게 된 분이 한 분이라도 계신
다면 정말 영광입니다. 부디 저희가 좋은 인연이
길 바랍니다.

Q. 앞으로의 계획이 있을까요?

열심히 살기. 열심히 사는 만큼 행복하기.

김씨네과일

초판 1쇄 발행 2023년 07월 27일

지은이 김도영
펴낸이 김상현

기획편집 전수현 김승민   **디자인** 이현진
마케팅 송유경 김은주 조원희 김예은
경영지원 손성호 정주연 오한별

펴낸곳 (주)필름
등록번호 제2019-000002호   **등록일자** 2019년 01월 08일
주소 서울시 영등포구 양평로30길 14, 세종앤까뮤스퀘어 907호
전화 070-8810-6304   **팩스** 070-7614-8226
이메일 book@feelmgroup.com

필름출판사 '우리의 이야기는 영화다'

우리는 작가의 문체와 색을 온전하게 담아낼 수 있는 방법을 고민하며 책을 펴내고 있습니다.
스쳐가는 일상을 기록하는 당신의 시선 그리고 시선 속 삶의 풍경을 책에 상영하고 싶습니다.

홈페이지 feelmgroup.com   **인스타그램** instagram.com/feelmbook

ISBN 979-11-982493-8-8 (03810)